共和国的历程

琼海新天

解放军发起海南岛战役

周丽霞 编写

蓝天出版社 吉林出版集团有限责任公司

图书在版编目（CIP）数据

琼海新天：解放军发起海南岛战役／周丽霞编写.
一北京：蓝天出版社，2014．1（2023.3重印）
　　（共和国的历程）
　　ISBN 978-7-5094-1069-1

　　Ⅰ．①琼… Ⅱ．①周… Ⅲ．①革命故事－作品集－中国－当代 Ⅳ.
①I247．8

中国版本图书馆 CIP 数据核字（2013）第 305433 号

琼海新天——解放军发起海南岛战役
编　　写：周丽霞
策　　划：金永吉　荆忠峰
责任编辑：祖　航　孔庆春
出版发行：蓝天出版社　吉林出版集团有限责任公司
地　　址：北京市复兴路 14 号
邮　　编：100843
电　　话：010—66983715
经　　销：全国新华书店
印　　刷：北京柏玉景印刷制品有限公司
开　　本：710mm×1000mm　1/16
字　　数：69 千
印　　张：8
版　　次：2014 年 4 月第 1 版
印　　次：2023 年 3 月第 3 次
定　　价：29.80 元

前　言

　　中华人民共和国自 1949 年 10 月 1 日成立以来，已走过了六十多年的风雨历程。历史是一面镜子，我们可以从多视角、多侧面对其进行解读。然而有一点是可以肯定的，那就是，半个多世纪以来，在中国共产党的领导下，中国的政治、经济、军事、外交、文化、教育、科技、社会、民生等领域，都发生了深刻的变化，中国人民站起来了，中华民族已屹立于世界民族之林。

　　这段时间放到整个历史长河中是短暂的，有如弹指一挥间，但它带给中国的却是极不平凡的。六十多年里神州大地经历了沧桑巨变。从开国大典到 60 年国庆盛典，从经济战线上的三大战役到经济总量居世界前列，从对农业、手工业、资本主义工商业的三大改造到社会主义市场经济体制的基本确立，从宜将剩勇追穷寇到建立了强大的国防军，从废除一切不平等条约到独立自主的和平外交政策，从"双百"方针到体制改革后的文化事业欣欣向荣，从扫除文盲到实施科教兴国战略建设新型国家，从翻身解放到实现小康社会，凡此种种，中国人民在每个领域无不留下发展的足迹，写就不朽的诗篇。

　　六十几年在历史的长河中犹如沧海一粟，但对身处其间的个人却是并非无足轻重的。其间究竟发生了些什么，怎样发生的，过程怎样，结果如何，非人人都清楚知道的。对此，亲身经历者或可鲜活如昨，但对后来者却可能只是一个概念，对某段历史的记忆影像或不存在或是模糊的。基于此，为了让年轻人，特别是青少年永远铭记共和国这段不朽的历史，我们推出了这套《共和国的历程》。

《共和国的历程》虽为故事形式，但与戏说无关，我们是想借助通俗、富于感染力的文字记录这段历史。这套丛书汇集了在共和国历史上具有深刻影响的重大历史事件。在丛书的谋篇布局上，我们尽量选取各个时代具有代表性的或深具普遍意义的若干事件加以叙述，使其能反映共和国发展的全景和脉络。为了使题目的设置不至于因大而空，我们着眼于每一重大历史事件的缘起、过程、结局、时间、地点、人物等，抓住点滴和些许小事，力求通透。

历史是复杂的，事态的发展因素也是多方面的。由于叙述者的视角、文化构成不同，对事件的认知或有不足，但这不会影响我们对整个历史事件的判断和思考，至于它能否清晰地表达出我们编辑这套书的本意，那只能交给读者去评判了。

这套丛书可谓是一部书写红色记忆的读物，它对于了解共和国的历史、中国共产党的英明领导和中国人民的伟大实践都是不可或缺的。同时，这套丛书又是一套普及性读物，既针对重点阅读人群，也适宜在全民中推广。相信它必将在我国开展的全民阅读活动中发挥大的作用，成为装备中小学图书馆、农家书屋、社区书屋、机关及企事业单位职工图书室、连队图书室等的重点选择对象。

编　者
2014 年 1 月

一、 渡海作战， 积极准备

● 毛泽东："使十五兵团易于攻取海南岛，消灭残敌，平定全粤。"

● 在第四野战军设在汉口的司令部作战室里，司令员林彪叫参谋人员挂上了海南岛和中南沿海的作战地图。

● 军党委发出了"为打到海南岛创造渡海作战的英雄与英雄连队"的号召。

毛泽东致电林彪攻取海南岛

1949 年，进入战略进攻阶段的中国人民解放军取得辽沈、平津、淮海三大战役的伟大胜利后，又迅速渡过长江天堑，以摧枯拉朽之势横扫大江以南广大地区的国民党军队，蒋介石被迫逃往台湾，中南地区的国民党残部则逃到了海南岛。

1949 年 10 月 1 日，在中国共产党领导下，中华人民共和国成立了。面对这样的历史现实，一贯支持国民党的美国政府开始疏远蒋介石，宣布不在台湾建立军事基地、不使用武力干涉当时的局势、不参与中国内战、不向台湾军队提供援助等一系列新政策。这说明，美国准备抛弃蒋介石，随它自生自灭。

在新中国已经诞生的大好形势下，人民解放军开始"宜将剩勇追穷寇"，先取海南，再夺台湾，继而解放西藏，最终实现全国统一。这无疑是党中央、毛主席的伟大战略部署。

1949 年 10 月 17 日，即第四野战军第十五兵团解放广州后的第三天，毛泽东即致电时任第四野战军兼华中军区司令员林彪。

电文如下：

林彪同志，并告剑英陈赓：

　　广州敌逃跑方向，不是向正西入广西就是向西南入海南岛。我四兵团似应乘胜追击，直至占高要、德庆、封川、高明、新兴、云浮、郁南、罗定等县，必要时并占领梧州，然后停下来休整待命，听候你的统一部署入桂作战。因为占领上述诸县，一则可能歼灭逃敌一部或大部，使十五兵团易于攻取海南岛，消灭残敌，平定全粤；二则即是对于入桂作战完成了部队的展开。是否可以这样做，请按情况酌定。

毛泽东
十月十七日

　　剑英即指叶剑英，当时任中共中央华南分局第一书记、广东军区司令员兼政治委员。陈赓，当时任第二野战军第四兵团司令员兼政治委员。

　　其时，国民党逃往台湾的有几十万军队，撤往海南岛的残部共有10万余人。蒋介石准备利用台湾和海南岛这两艘不沉的航空母舰伺机"反攻大陆"。因此，解放海南岛乃是大势所趋，具有重大的战略意义。

　　海南岛是我国第二大岛屿，其地域面积之广和战略意义的重要性，都仅次于台湾。而进攻海南岛的难度，也远大于进攻金门与舟山。

　　在地理位置上，国民党军队占领的4个主要岛屿中，距

渡海作战，积极准备

离大陆、海南岛都远于金门和舟山，琼州海峡又位列全世界流速最急的海峡之中，这两点就已经使我军难以渡海登岛。

在敌我双方攻防力量上，攻金门、舟山，渡海路程都不超过10公里，在我军炮兵的掩护下，渡海部队可以直接渡过海峡，登上彼岸，敌人的军舰只能在远处以火力拦截。其时，金门岛上并没有设施完善的机场，台湾岛不容易对金门实行空中支援。

然而进攻海南岛情况却不一样，琼州海峡的宽度决定了部队的渡海路线长，而且登陆后也已超出了我炮兵火力的射程范围而无法获得火力掩护。更不利的是，在渡海过程中，敌人的军舰还可以开到海峡中流进行拦截。

此外，岛上还有敌军的20多架作战飞机，随时都可以直接参战，支援守岛的敌军。我军能用以渡海的仅有木帆船，而且没有海军和空军的掩护，只能以陆军单独进攻敌人的陆海空三军立体防御系统。种种困难就可想而知了。

毛主席格外重视此次规模更大于攻击厦门、金门的渡海战役。他于1949年12月16日访问苏联，临出国前还总结了金门作战的教训，12月18日在赴苏联途中亲自给第四野战军司令员林彪草拟了指示电报。该电报可说是解放军统帅部门首次对渡海作战规律的系统总结。

电文如下：

林彪同志（中央转）：

十日十四时电悉。

（一）庆贺你们歼灭白崇禧的伟大胜利。

（二）同意你的部署，即陈赓略作休整即入云南，四野入桂各军休息廿天，大部分散剿匪，另以四十三军及四十军准备攻琼崖。

（三）渡海作战，完全与过去我军所有作战的经验不相同，即必须注意潮水与风向，必须集中能一次运载至少一个军（四五万人）的全部兵力，携带三天以上粮食，于敌前登陆，建立稳固滩头阵地，随即独立攻进而不要依靠后援。因为潮水需十二小时后第一次载运船只方能返回运第二次，而敌可用海空军切断我之运输，故非选择时机一次载运一个军渡海登陆，并能独立攻进，建立基地，取得粮食，便有后援不继，遭受重大损失之危险。三野叶飞兵团，于占领厦门后，不明上述情况，以三个半团九千人进攻金门岛上之敌三万人，无援无粮，被敌围攻，全军覆灭。

你们必须研究这一教训。海南岛之敌，可能较金门敌人战力差些，但仍不可轻敌。请告邓、赖及四十军四十三军注意，并望你向粟裕调查渡海作战的全部经验，以免重蹈金门覆辙。

……

毛泽东

十二月十八日于远方

渡海作战，积极准备

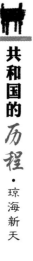

31日，身在苏联的毛主席再次给林彪的电报中又强调了进攻海南的问题。

电文如下：

林彪同志（中央转）：

转来邓、赖、洪廿七日电已悉。同意该电所取方针，即努力争取在旧历年前进攻海南岛，但以充分准备确有把握而后动作为原则，避免仓促莽撞造成过失。为此，邓、赖、洪应速到雷州半岛前线亲自指挥一切准备工作。并且不要希望空军帮助。

毛泽东

十二月卅一日

1950年1月10日，毛泽东又在苏联致电林彪，提出"争取于春夏两季内解决海南岛问题"。还对海南岛战役与金门战役的不同进行了分析。

电文如下：

中央转林彪同志：

（一）一月六日电及转来邓、赖、洪一月五日电均悉。（二）既然在旧历年前准备工作来不及，则不要勉强，请令邓、赖、洪不依靠北风而依靠改装的机器船这个方向去准备，由华南分局与广东军区用大力于几个月内装置几百个大海船的机器（此事是否可能，请询问华南分局电告），争取于春夏两季内解决海南岛问题。（三）海南岛与金门岛情况不同的地方，一是有冯白驹配合，二是敌军战斗力较差。只要能一次运两万人登陆，又有军级指挥机构随同登陆（金门岛是三个不同建制的团又无一个统一的指挥官，由三个团长各自为战），就能建立立足点，以待后续部队的继进。（四）请要十五兵团与冯白驹建立直接电台联系，并令冯白驹受邓、赖、洪指挥，把琼山、澄迈、临高、文昌诸县敌军配备及敌海军情况弄得充分清楚，并经常注视其变化。（五）同时由雷州半岛及海南岛两方面派人（经过训练）向上述诸县敌军进行秘密的策反工作，勾引几部敌军于作战时起义，如能得到这个条件，则渡海问题就容易得多了。在目前条件下，策动几部敌军起义应该是很可能的。此事应请剑英、方方、冯白驹诸同志特别注意用力。华南分局应加以讨论，定出具体的策反办法，并于三四个月内获得成绩。

毛泽东

一月十日

渡海作战，积极准备

电文中的"冯白驹"是琼崖纵队司令员兼政委。琼崖纵队最初是由 1927 年 9 月海南岛农民起义的队伍组织而成的。经过长期的艰苦斗争，琼崖纵队已经开辟出了自己的革命根据地，以五指山为中心。

1947 年 10 月，这支部队被中央军委编为"中国人民解放军琼崖纵队"，这时它已经拥有三个总队，共 10 个团，大约 2 万人。1950 年初，琼崖纵队已经解放了全岛三分之二的大部分地区，支援我军的渡海登陆行动，此时也就成了他们的重要任务。

毛主席的这份电报，激励起我军渡海部队对海南岛战役的必胜信心。毛泽东说得不错，虽然攻取海南岛在一些方面比攻取金门困难，但是也有对我军有利的条件。

海南岛上的敌军人数多于金门，可是海南岛面积很大，海岸线很长，致使敌军守备分散，留出了许多可以让我军登陆的缺口。防守金门的胡琏部在国民党残余陆军中战斗力是最强的，可国民党在海南岛的 5 个军尽管大部分是旧粤军的部队（尤其是旧粤军精华第六十二、六十三、六十四军，这三个军在中国旧军队中战斗力是非常强的），然而这些部队都曾被消灭过，是不久前才重建起的，他们的武器装备和士兵的战斗能力都赶不上胡琏的部队。另外，第三十二军与组建不久的第四军，也不过是国民党军中的中等战斗力军队。

毛泽东于 2 月 17 日结束了对苏联的访问。这一天，根据从国内传到苏联的关于渡海部队的报告，毛泽东又下达了指示：

> 以运输准备确有把握而后动作为原则，避
> 免仓促莽撞，造成过失。

由此可见，毛泽东对解放海南岛的态度非常坚决，抓得也非常紧。他的态度坚决，指战员们的决心也更坚定。他抓得紧，就是对渡海作战的最大督促。

对渡海作战的指示，毛主席持的是科学的精神和态度。首先，他强调渡海作战和以往我军一切作战的方法都不同，又仔细地剖析了潮水、风向、渡海兵力、船只、粮食等情况，还指导作战部队要建立沙滩阵地，独立进攻，充分了解敌情，正确地指挥、接应等，我军能够从陆战转向海战，离不开毛主席的这些正确指导。

对海南岛战役，毛主席是慎之又慎。他一而再，再而三地强调"金门战役"的教训。1949 年 10 月 29 日，毛泽东给各个野战军前委和各个军区都发了一份电报，在里面指出，我军在金门战役中的失败，"其主要原因，为轻敌与急躁所致"。他还说："当此整个解放战争结束之期已在不远的时候，各级领导干部中主要是军以上领导干部中容易发生轻敌思想及急躁情绪"，他告诫大家要"充分准备，周密部署，须有绝对把握时，再行发起攻击"，"务必力戒轻敌急躁，稳步地有计划地歼灭残敌，解放全国，是为至要"。

渡海作战，积极准备

当时毛主席的警卫汪东兴在日记里写道，在苏联的毛主席接到林彪转发来的邓华、赖传珠和洪学智12月27日的关于进攻海南岛时间的请示电报后，思索了整整一夜，第二天，就是12月31日一大早就让叶子龙找出海南岛的地图，考虑了一遍又一遍才给林彪回电，"同意该电所取方针"，但他没有忘记特别嘱咐把"充分准备确有把握而后动作"作为海南岛战役的原则。

毛主席没有忘记警告"避免仓促莽撞造成过失"，这对连连获得重大胜利的我军指战员们来说，无异于当头棒喝，让他们的头脑保持了冷静，使他们能够不骄不躁、扎扎实实地做好各项准备工作，以保证渡海作战的胜利进行。

洪学智对困难的估计

从广东溃退到海南岛的残余敌军，连同岛上原有部队，共计10余万人，经重新整编，并依靠岛上50余艘舰艇、40余架飞机进行防御。

在国民党海南防卫总司令薛岳的指挥下，岛上的敌军组成了海陆空立体防御体系，称为"伯陵防线"，企图阻止人民解放军渡海登陆海南岛。

12月初，随着广西战役的基本结束，四野前委开始着手进行攻打海南岛的准备工作。鉴于四野第十五兵团所属的第四十八军尚在赣南，第四十四军还要卫戍广州及肃清广东省残匪，只有四十三军可用于海南岛作战。

在第四野战军设在汉口的司令部作战室里，司令员林彪叫参谋人员挂上了海南岛和中南沿海的作战地图。他在地图上作了许多只有自己才能看懂的标记。

在林彪的组织下，为了加强渡海作战的指挥，渡海作战前敌指挥部迅速组成：由当时担任中共华南分局书记的叶剑英统一领导，由第十五兵团司令员邓华任总指挥，指挥部领导成员中有第十五兵团政治委员赖传珠、第一副司令员兼参谋长洪学智和第十二兵团副司令员兼第四十军军长韩先楚等。

参战部队确定以第四十军和第四十三军为主力，另配属一个加农炮兵团、一个高射炮兵团及工兵、通信、后勤部队等，共计 10 万大军。

组织工作做好后，林彪便电告正在访苏的毛泽东，拟增派第十二兵团的第四十军参加海南岛战役。同时决定，派李作鹏的四十三军与韩先楚的四十军一道，并配属加农炮兵第二十八团、高射炮兵第一团和工兵一部，共计 10 万余人，组成"渡海兵团"。以"采取小部队偷渡"的办法，渡过琼州海峡，正式打响进攻海南岛的战斗。

12 月 16 日，毛泽东看到四野发来的解放全广西的捷报和林彪的来电后，于 18 日亲手起草了给林彪的复电，着重给予渡海兵团大致上的战略指导，要他们务必吸取金门惨败的教训，还让林彪"向粟裕调查渡海作战的全部经验"。

收到毛泽东电报后，林彪即日致电邓华、赖传珠、洪学智等，下达"准备趁北风季节攻取琼崖"预备令。

可事情并非那么顺利，接受准备攻取海南岛的任务后，邓华、赖传珠、洪学智经过慎重考虑，于 12 月 27 日致电四野和毛泽东。电报指出：

一次运一个军的兵力登陆是巨大的组织工作，需要相当长的时间进行调查研究，准备物资，收集船只，进行演习等等。以季节论，在旧历年前动作为有利；以准备工作论，恐时间来不及。

电文同时表示，将尽一切努力争取在旧历年前动作，也就是1950年2月17日前开始行动，同时希望"派一部空军直接配合"。

12月31日，毛泽东在斯大林别墅指挥部致电林彪，同意在旧历年前攻取海南，还让邓华、赖传珠和洪学智"应速到雷州半岛前线，亲自指挥一切准备工作，并且不要希望空军帮助"。

收到毛主席的电报后，洪学智专程从广州来到武汉面见林彪，当面向四野首长汇报渡海登陆的准备情况。

洪学智开门见山地说："我们原计划春节前渡海，现在看来是对困难估计不足。海南岛有十几万敌军，主席指示一次渡过去一个军，按每条船30人算，需要1000多条船。我们现在只搞到四五百条，远远不够，因此请求推迟渡海时间。"

林彪皱起眉头说："我们只有木帆船，必须依靠冬季北风做动力。春节后风向转变，渡海会更困难。"

"邓华和赖传珠派我来，就是要把困难向首长当面讲清楚。"洪学智说，"我们打算将大部分木帆船装上机器做动力，以机帆船渡海，这样就不受天气影响。"

"这是好办法，就这么办吧！"林彪表示赞同。

洪学智笑着说："我就是向林总要钱来的，改装机器要大笔经费，兵团和华南分局都解决不了。"

听了这话，林彪转身看了一眼站在一旁的邓子恢。

渡海作战，积极准备

邓子恢一筹莫展，说："我们也没钱啊。新解放区千疮百孔，到处都需要钱补窟窿。"

"这样吧，你直接去北京向军委汇报。"林彪对洪学智说，"一是说明推迟渡海的原因，二是请中央帮助解决经费。"

于是洪学智来到北京。

朱德总司令和聂荣臻代总参谋长听完洪学智的汇报后，立即将情况报告给毛泽东。

1950年1月10日，还在莫斯科的毛泽东给中央和四野回电，同意他们延期渡海及用机帆船渡海。电文中提到："由华南分局与广东军区用大力于几个月内装置几百个大海船的机器（此事是否可能，请询问华南分局电告），争取于春夏两季内解决海南岛问题。"

在毛泽东看来，要取得海南岛战役的胜利，不仅要吸取金门之战的教训，也要看到攻取海南的有利条件。为了使部队树立信心，毛泽东这封电文中还指出了攻取海南岛易于金门的地方，就是海南岛上的敌人战斗能力弱于金门的敌人，特别是我军在岛上有冯白驹的接应。

毛主席还明确指示：让冯白驹接受邓华、赖传珠及洪学智的指挥。

十万将士组成渡海兵团

为了渡海作战，渡海兵团进行了较长时间的艰苦训练。

组成渡海兵团的两个军，分别是第四十军和第四十三军。这两支英勇部队均有着光荣的历史，与第三十八军、第三十九军、第四十一军俱是四野最重要的部队。

第四十军就是原来的东北野战军第三纵队，组成该部队的是抗日战争结束后开进南满的山东八路军部队。东北解放战争中，第四十军曾立下了赫赫战功，是著名的"旋风队"，其军长是有"旋风将军"之称的韩先楚。

第四十三军则是原来的东北野战军第六纵队，在人民解放军部队中，它的历史最为悠久。第四十三军的第一二七师，最初为成立于1925年的国民革命军第四军第三十四团，后来改称为独立团，团长曾经是叶挺，是中国共产党建立最早的军队，后来还参加过南昌起义和井冈山会师，还曾经是红四方面军和红一军团的主力部队，开进东北后也还是一支主力部队。

12月16日，四十军还在开进雷州半岛途中，十二兵团参谋长兼四十军副军长解方在日记中写道：

> 本军奉命参加琼崖登陆作战，这是一个很光荣的任务，却又是一个新鲜的问题。由于缺

渡海作战，积极准备

乏经验和知识，必须很努力做调查研究及战前演习，现在初步想到以下问题：

一、登陆季节与登陆点的选择：（一）北风、浪小、多雾的季节，则有利我者多；（二）登陆点应是宽正面，有重点的突击，选择敌未设防或离设防位置较远，或敌外围薄弱之处，甚至就是有浅滩之一般海岸亦可。海南岛公路，环岛一线修筑，纵贯者不多，又靠近海岸线，易为我切断，使敌军各据点的相互机动支援不易实现。

二、航进战斗队形的组成：（一）加大横宽，还是增强纵深？一般地说应该是加大横宽，齐头并进。好处是：同时展开多数火器与兵力，互相策应方便；侧面短，防敌舰袭扰之目标减少。（二）突击队（船）的编组，应赋予独立战斗能力，能攻能守，既能对付陆上，又能对付海上敌舰之拦阻为原则，因此，工、炮不能少。（三）侧翼掩护船队，主要是防敌舰袭扰，应以平射炮为主，有必要的中等口径炮，一般是一船一炮为好，适合火器分散、火力集中的原则。还要调查了解敌舰的种类、性能及其活动圈大小等情况，以便对其作战。根据以上情况组织船队。

三、登陆作战的战术与技术问题：（一）抢

占登陆点，应是夜袭动作。抢上岸后"先宽后深"，巩固立脚点（滩头阵地）；破坏公路，修筑野战工事，防敌反击；挡住、抓住敌人不放，掩护主力登陆；分一部分兵力于正、侧三面扼守，准备机动反击。（二）主力到达后，除留一部分兵力掩护侧翼外，全部寻敌攻歼之。（三）岛上我游击队的内外配合问题，应考虑伴动、迷惑、钳制敌人的方法及直接接应我登陆部队的时机、地点。还有对敌空、敌舰和对敌探照灯、水雷的处理，对向导、联络信号的准备，以及计算渡海人数、每人装备之武器弹药种类与重量和所需船数。

尽管从来没有参加过水战，但有着高军事素质、士气如虹的第四十、四十三军经过较长时间的演习之后，都将依靠普通船只渡海作战的要领较好地掌握了。

经过这一番充足的准备后，针对海南岛的详细情况，渡海兵团制定了一套作战新方略：

吸取金门战斗中我军不明敌情和海情而仓促进攻的教训，用 3 个月的时间做了周全的准备，尤其是各支参战部队对登陆及海上战斗进行了训练，对应付敌人军舰和登陆作战的各种办法进行了研探。

渡海作战，积极准备

吸取金门战斗中我军在船只不足的情况下登陆的教训，在广东全省征集足够的船只，一共征到4000多名船工和2100多艘船，完全保证了可以一次运送多于10万人的登陆部队。

　　吸取我军登陆金门岛后无法稳立的教训，先派小股部队先偷渡登岸，会合琼崖纵队，让大部队一上岛就获得有力的接应，可以立稳脚跟并得以稳固的发展。

　　吸取金门战斗中我军第一梯队少量兵力登陆，以少攻多的教训，正式抢渡时第一梯队就出动5万人，携带足够的弹药和粮食，不打算依靠后援部队而独立发展。这样计划，我军第一梯队登陆后一和接应部队会合，人数就同海南岛北面的敌人不相上下，加上我军作战能力比敌军高，就能保证岛上作战的获胜。

邓华在广州召开作战会议

1950年2月1日至2日，由第十五兵团司令员邓华主持的海南岛战役作战会议在广州召开，会议地点是广州市东山的十五兵团司令部。

参加这次作战会议的人员有：中共中央华南分局书记、广东省主席、广东军区司令员兼政委叶剑英，十五兵团政治委员赖传珠，十五兵团第一副司令员兼参谋长洪学智，政治部主任肖向荣，十二兵团副司令员兼四十军军长韩先楚，政委袁升平，四十三军军长李作鹏，政委张池明，琼崖纵队参谋长符振中，以及参加全国第一届政治协商会议后从北京赴广州的琼纵副司令员马白山。

符振中是秘密前来的，他带来了海南岛的作战地图，敌人的设防情况及琼崖纵队的密码。

符振中到达会议室时，受到叶剑英、邓华、赖传珠、洪学智、韩先楚等首长的热烈欢迎。

符振中用了4个多小时，详细地汇报我海南根据地的情况和岛上我党领导的武装力量情况，使得大家对海南岛的情况有了初步的掌握。

在会上，邓华向同志们介绍了马白山和符振中，并表示了对他俩的热烈欢迎。接着说明本次会议的宗旨：研讨、决定海南岛战役的渡海作战方针及准备工作。

渡海作战，积极准备

叶剑英最先发言，他强调了毛主席和中央军委对解放海南岛的这一决策的英明，说蒋介石在台湾还未站稳脚跟，一时还无法顾及海南岛及其他岛屿，败逃到海南岛的国民党军还没有恢复元气，派系多，秩序乱，薛岳暂时是无法真正把他们统一起来的。所以，我军要和敌军抢时间。渡海作战虽然存在不少困难，但是我人民解放军是得胜之师，建军以前不知克服了多少艰难险阻。而且我军的琼崖纵队就活跃在海南岛上，经过 20 多年"红旗不倒"的革命斗争，琼崖纵队已开辟出以五指山为中心的革命根据地，在岛上的群众基础深固。有琼崖纵队的配合，将十分有利于我军解放海南岛的军事行动。对琼作战的部队，广东省党、政府及人民都会尽力支援。大家坚信，在十五兵团领导下，四十军和四十三军一定会解决诸多困难，成功地渡过琼州海峡，一举解放海南岛。

最后，叶剑英说他已经和林彪安排好了十五兵团各位首长的任务，让邓华负责渡海作战的指挥工作；让赖传珠参加华南分局和广州军政委员会的事务，以协调党、政、军三方工作和支援海南岛战役的种种工作；让洪学智指挥对广东及赣南残余敌军及土匪的清剿，准备攻取万山群岛，还负责各项保障工作，以支援海南岛战役。

在会上，符振中汇报了海南岛上的敌我情况，最后转述了冯白驹的建议：就是乘敌人海防还未完全布置好，派遣一批战士渡海以增强我军在岛上的力量或让一批干部携带一批枪支弹药偷渡到岛上，增强琼崖纵队的战斗力。他还表示，海南岛的党、军队和人民都迫不及待地盼望解放大军尽快解放海南岛。

我军在金门岛的失败，使四十、四十三军许多干部对渡海作战都较有顾忌，而符振中的介绍让他们了解到海南岛上有党组织、琼崖纵队和人民群众的接应和支援，打消了他们所有的顾虑。

毛泽东主席曾指示：进攻海南岛，要依靠改装的机器船，从这个方向去准备。由华南分局与广东军区于几个月内装置几百台大海船的机器。

会议讨论这一指示时，意见不一致。一些人以毛主席指示"依靠改装的机器船"为由，过分强调机器，主张到香港去购买登陆艇。多数人则认为，若能搞到登陆艇，对渡海作战当然有利。但当前的形势是，根本不可能买到登陆艇，期求登陆艇是不现实的。

韩先楚发言认为：应趁敌人立足未稳，尽早发起海南战役，越拖越不利。若能买到登陆艇作战，当然很好，可是短时间内根本解决不了。要拿出很长时间做准备，夜长梦多，变化频仍，对我不利。改装机帆船也有困难，一般的汽车发动机马力小，用不上，美国产十轮大卡车发动机虽然马力可以，但这种汽车我们不多。这些都费时费力，是短时间内解决不了的大问题。唯一想小法可以解决的是木帆船。我们的立足点应放在木帆船上。用木帆船，只要掌握好时机，充分利用好风向、风力，是

渡海作战，积极准备

有把握渡过琼州海峡的。至于改装机器船，我们也要抓紧时间，想尽办法，能改装多少算多少，以保证有一部分机器船作为指挥船，一部分装上火炮作为护航船。我们要用木帆船打败敌军舰，用木帆船渡过琼州海峡，最后解放海南岛。

"敌人有飞机和军舰，我们靠木船渡海作战，这真是战争史上的奇迹！"会场上，不知是谁在韩先楚讲话时插了这么一句。

韩先楚语气坚定地说："只要我们全军上下团结一致，积极努力，把握战机，一定会创造战争史上的奇迹！"

大家听后，都热烈鼓掌。

袁升平、李作鹏、张池明等也先后发言，表示坚决贯彻毛主席、中央军委和"四野"首长关于迅速解放海南岛的命令和指示，同意兵团首长提出的先组织小规模的偷渡，以获得经验、增加岛上我方军事力量，然后配合大部队渡海登陆的战略方针。

四十军和四十三军的领导还汇报了军队抵达雷州半岛后的准备工作情况及需要请示解决的问题。

会议的最后阶段，十五兵团首长经过研究，请示了叶剑英后，于2月2日下午由邓华作会议总结。

邓华对海南岛的敌情进行了详细讲解和精辟分析：

国民党"海南防卫总司令"薛岳有较强的军事指挥能力，在一定程度上控制了岛上的敌军部队，较快地整编了岛上的敌军进行防守。

我渡海兵团的四十军和四十三军，都是第四野战军的主力部队，不但兵力强，装备充足，而且士气如虹，加上配属的部队达到了 10 万兵力。此外，还有海南岛上拥有 1 万多兵力的琼崖纵队。

陈述了兵团党委会分析我军面临的困难和有待解决的问题后，邓华又说：遵照上级指示及根据对各方面情况分析，十五兵团决定采用这样的战斗方略：即积极做好准备，先派小股部队偷渡过海，加强海南岛上我军力量，将岛上的形势改变，摧毁敌人的防御，为大军的登陆创造有利的条件。然后，四十军和四十三军的主力部队实行强渡登陆。

邓华还强调尽快聘请船工及征集船只，这对我军能否迅速渡海作战至关重要。这项工作政策性很强。战士们大部分不通当地语言，所以完成这项工作很需要当地的党政机关的配合。十五兵团已经要求"四野"后勤部尽快在北海、湛江、徐闻等地设置兵站。兵团和两个军都已与琼崖纵队进行了电台联络，但为能进一步取得更好的联系，更及时地通报双方情况，协调渡海作战的相关事宜，还要马白山和符振中亲自到雷州半岛前线的渡海部队中，以便于和琼崖纵队协调实行偷渡行动。

会议经过讨论，一致拥护"首先采取以夜间分批小部队偷渡，加强琼纵军事力量，改变岛上敌我形势，再配合我大军强行登陆，为我对海南岛的作战方针"。登陆

渡海作战，积极准备

工具以改装机帆船为主。两军各准备一个团偷渡，取得经验，以利再战。

韩先楚和袁升平经过研究，对作战发起时间提出了不同意见。他们认为，作战时间推迟到 6 月，不仅延长了备战时间，容易使部队出现松懈情绪，而且也可能错过顺风期而贻误战机。

会议已作出决议，韩先楚和袁升平研究后，立即给军里发电报，要求积极准备，准备要提前完成，抓紧改装机帆船，收集风帆船，自己派人购买机器，不依赖上面拨给。

会议结束后，2 月 9 日，邓华、赖传珠等于 2 月 9 日，将"海南岛战役"的作战方针和实施计划电报林彪。

2 月 10 日，林彪转报中央军委和毛主席，提出：

> 海南岛作战，我军如一次以一个军登陆，则船只问题极难解决，同时又无法对付敌之海空军扰乱。因此，建议在此期间，先行以偷渡办法，到达海南岛后即与冯白驹部会合，打小规模的运动战和游击战，然后大部队再设法渡海。

林彪还建议："我们同意四十三军一个团先行渡海，亦同意其他部队寻机登陆渡海。"

在苏联访问的毛泽东看到来电后，非常高兴，并对随同访苏的师哲说："四野找到了解决海南岛的办法，不要空军参战，他们准备用木帆船分批渡海。"

2月12日，毛泽东致电林彪，表达对进攻海南岛意见。

电文如下：

中央转林彪同志：

　　二月十日廿时电悉，同意四十三军以一个团先行渡海，其他部队陆续分批寻机渡海。此种办法如有效，即可能提早解放海南岛。

毛泽东

二月十二日上午四时

规模空前的海上大练兵

确定了以机帆船为大部队渡海的工具之后，林彪立刻派四野后勤部长陈沂携巨款南下广州，征集船只、购买机器。

当时广东一带因遭受国民党退踞台湾前的疯狂掠夺，较大一些、能使用的机器已被抢掠一空。于是，陈沂决定去香港、澳门，用自己在那里的一些社会关系，会同有关部门购买一些登陆艇。然而，陈沂的行踪很快被国民党特务发现，他们会同港英政府和美国情报机关，联合控制港澳地区可能有机器或船只的厂商，使陈沂无法买到所需物资，最后仅买回一些罗盘针、防晕船药和救生圈等。

为此，十五兵团首长不得不重新考虑主要依靠木帆船大举渡海。

不过，渡海兵团还是派人收集到了百余部旧机器，并送往黄埔造船厂，以备改装机帆船。同时，经过紧张的准备，到 3 月底，还征集到船只 2100 余艘，船工 4000多人，动员民工 97 万人，筹粮 1875 万公斤，筹款 100 万银元，动员牛车 4.5 万余辆，为部队运送、储备了足够的粮食及武器弹药。同时，他们将缴获到的卡车发动机拆下来，安装到木船上，改造成"土舰队"，作为"指挥舰"、"通信舰"和"护卫舰"，为海南岛战役的胜利奠定了坚实的物质基础。

1950 年初夏，我军在雷州半岛上展开了一场规模空前的海上大练兵。

海上练兵的第一个口号是"不向大海低头"。四十三军第一二七师三七九团以党委为中心，组成各级"胜利渡海练兵委员会"，目的是加强海上练兵的组织领导，以适应海上大练兵。该委员会有四项任务：一、研究学习方法；二、召开"诸葛亮会议"；三、表彰练兵进步快或办法多的同志；四、治疗疾病。委员会设有五组一室，这五组分别是：

教育组，负责对水手的训练、观察联络人员、救生员和船工，并组织部队做各种试验，以获得海上练兵的经验。

供给组，负责干粮、器材的准备，购买各种必需品及对船只的修缮甚至改造。

救护组，负责研究容易晕船人员的典型体质及饮食对晕船的影响，设法克服晕船，对疾病进行预防和医疗。

宣传鼓动组，负责海上练兵的经验交流，及表扬、批评工作。

情况调查组，责任是观察、研究敌情及敌舰在海上活动的规律。

至于"一室"，就是调查研究室，都是掌握着一定科学知识及有航海经验的同志，他们所负责的工作是：观

渡海作战，积极准备

共和国的
历程·
琼海新天

察潮水、风和雾的变化规律，研究它们对行船的影响；学习其他单位海上练兵的经验，加强本单位的训练。

在四十三军一二七师召开的党委扩大会议上，三七九团的"胜利渡海练兵委员会"方法得到了推广。

晕船是战士们出海所面临的一大难题。一开始，战士们出海不久就被海浪颠得头昏脑涨，东倒西歪，肠胃都像被搅到一起了，最终憋不住而大吐特吐。一个战士先吐，其他的就全都吐了起来。腹中的食物吐完，就吐黄水。上了岸，还是感到晕乎乎的，身子都站不稳。这种情况，怎么可能渡海作战呢？

某连进行了一个试验，让某排的三个班分别吃得很饱、半饱和一点不吃，然后让他们上船出海。结果吐得最少的是吃得半饱的那个班。由此，该连总结出了出海前宜"吃半饱，勤吃"的经验。

但要征服大海，除了不晕船，还要懂得驾驶船只。这一点的难度比克服晕船还要大，就连那些渔民，没有几年的功底也无法很好地驾驶船只。战士们当然不可能有这么长的时间，渡海作战需要他们一定要很快掌握驾船技术。

于是，各个团都成立了水手训练队，拟定具体的训练步骤，向老渔民求教，明确要求战士们要学会拉篷、掌舵、用风、看水道、探水、提放分水板、划戗、撑篙、划桨、下锚、起锚、拐弯、靠岸，懂得对特殊情况的处理方法。

敌人的飞机常在白天对我军进行骚扰，所以就选择在晚上进行驾船训练。各训练队之间互相帮助、学习并纠正错误。他们没有浪费半秒钟的时间，轮班进行驾船练习。航海时间本来为 7 个小时，可训练队都觉得太短，于是主动延长了 3 个小时。

此外，在白天战士们也聚到一块讨论，以弄明白驶船的道理和要领。

半个月后，从水手训练队"结业"的战士们又到各连中办起了"水手学习班"，从而培训出更多的水手。

四十三军第一二七师三八一团一连的每个水手训练班都有 11 人，其中有 7 个新手。开始练习时水手们在船上乱成一团，成绩很不理想，于是他们重新开始，把 11 人分为 3 组，第一组 4 人，成手和新手各 2 个，在船艄练习掌舵；第二组 4 人，一个成手加 3 个新手，学习拉大篷和起落档；第三组是一个成手带 2 个新手，学习下锚、起锚、拉小篷、观察方向和检查水面情况。每个组都有组长，3 个组互相合作，由第一组进行指挥。这样分工之后，水手们的秩序就好多了。确定了学习的目标后，取得了不小的进步。

驾船的学习，让战士们深深地入了迷。有的战士将大萝卜刻成小船，有的战士编出了竹片小船，折出了纸片小船，有的战士干脆在自己的鞋子上插一根小木棍，以鞋作船、以棍当舵，对船与舵的关系进行研究。

某天吃饭时，和班长辩论船理的水手张阿毛将饭碗

渡海作战，积极准备

当船，将筷子插进碗里当舵，大谈自己的看法；某排排长李树春参与讨论会，在发表意见时居然弄断了被他当"舵"的钢笔。

功夫不负有心人，水手们很快就能熟练自如地驾驶船只，征服了茫茫大海。但是要渡海作战，这是不够的，还必须掌握好海上列队、观察、指挥、联络、射击、登陆、武器配置、工事构筑、护航、救护、夺取滩头阵地等军事技术。为此，首长们对清朝海师攻打海盗及日寇入侵海南岛的经验进行了分析研究，四十三军政治部的《冲锋》报还介绍了我二十七军在渡江战役中的政治工作经验。四十三军一二八师还学习清末林则徐训练水军编制船队的方法。但是，也不能光借鉴他人的方法，要不断地从自己的实践中获得经验，制定对自己最为合适的有效方法才是最切实和重要的。

比方说开枪射击。木船被波浪颠得起伏不定，使射击手很不容易瞄准目标，而且瞄准好之后也一定要在那一瞬间开枪，这样才能击中目标。于是战士们在浪上船中苦练不怠，终于找到了技巧，攻克了这一难关。

再说船队队形的问题。原则上，队形不能前尖尾长，而是齐头并进，尾巴要做到最短。营以下的单位，最好是采用后三角的队列。两船之间要保持合适的距离，既能使彼此紧密联络，又不会互相碰撞，敌人的一颗炮弹也不会伤及太多船只。各船起航后要努力保持队形的整齐。船队开过海峡中流后，要快速前进，尽快靠岸，切勿在敌人的攻势中迟疑片刻。

在和敌舰作战的问题上，须有护航船攻打敌舰，须有视死如归的勇气去打败敌舰。兵器的配置，要着重考虑到攻打敌舰，不能缺少了可以对付铁甲的火箭筒。起渡时间要定在主力船队出发前。各船都要做好攻打敌舰的思想准备，备好攻打兵舰的武器，谁遇上敌舰谁就打敌舰，在哪儿遇上就在哪儿打。

还有登陆的问题。在敌人的阵地上登陆与在陆地冲锋不一样，因为没有退路，所以一定要非常迅猛。

首先，步枪手、冲锋枪手和轻机枪手在船头的重机枪掩护下下船，等这批战士占领了沙滩阵地，重机枪手再在火力的掩护下下船。登陆时还要注意，如果战士们一起跳下船，就容易彼此碰撞，乱了队形，还影响登陆速度。某连队搞了一套登陆滑板，使这一问题得以解决。战士们按预定顺序依次滑到船下。指挥员最先下船，然后率领突击班、突击排进行攻敌。后到船只要接受先到船只的指挥。

渡海作战，积极准备

从船上跳到海水中时，战士们的枪是掮着好呢，还是挟着好？这个小小的问题，战士们也不断地进行试验，并从中知道是前者好。

这次练兵与以往练兵的方法、项目都不同，而且时间短，任务重，整个训练时间为 3 个月，而实际用在训练上只有 1 个多月，其余 1 个多月搞准备工作。

进行大练兵的同时，首长们勤于召开会议，下达指

示和通报，指导、促进练兵活动。四十三军还专门派人到在华东前线的第十兵团，学习金门战役的教训；还组织团以上干部到第四十军去参观"取经"，获得不少很有价值的经验。

指战员们在海南岛战役中获得的全部军事经验，足可写成一本内容很丰富的专著。这些经验符合实际，非常有效，后来都成为海军战术的原则，足可保证海战的胜利，当之无愧为我人民解放军的无价之宝。

练兵活动中发生的一件事，对取得海南岛战役的胜利产生了至关重要的影响：

在一次夜练中，四十三军某部 8 名战士扬帆出海，与一艘国民党军舰遭遇。在副排长鲁湘云指挥下，战士们勇敢机智，沉着应战，并利用近距离时敌舰的火力死角和我军"船小好掉头"的优势，用手榴弹和机关炮，打退了敌舰。

这件事极大增强了战士们以木船渡海登陆取胜的信心。

二、 先遣行动， 血战开始

● 薛岳："共军想用破帆船攻破拥有现代化海陆空立体防御的'伯陵防线'，是痴人说梦。"

● 毛泽东称："此种方法有效，即可提前解放海南岛。"

● 毛泽东说："这是人民海军的首次英勇战绩，应予学习和表扬！"

薛岳构建"伯陵防线"

这一时期的中国人民解放军，除了西藏外，已经解放了中国的全部大陆。因此，对国民党来说，海南岛的价值就显得格外重要了。

海南岛位于雷州半岛以南，和大陆之间的距离大大短于台湾岛，飞机随时都能从岛上起飞，对大陆南方的濒海地区甚至是较远的武汉进行军事骚扰。

蒋介石撤销了"海南警备司令部"，成立"海南防卫总司令部"，由上将薛岳出任防卫总司令，统一指挥岛上的10多万陆海空军，以加强海南岛的防御。"防卫司令部"就设在海口市的五公祠里。

这10多万部队除了薛岳本部外，还包括溃逃到海南岛的广东余汉谋部及有"岭南王"之称的"海南行政长官"陈济棠的军队。共有陆军5个军合19个师、海军第三舰队和海军陆战队1个团，其装备有各类舰船50艘，此外还有空军第一、三、五、二十这4个大队的42架战斗机、轰炸机及运输机。

薛岳指挥的第四军属蒋介石嫡系内陈诚一系，只有8000余人，号称1个军。这个军在近3年中屡遭人民解放军全歼或歼灭性打击，因而在国民党军中声名狼藉。

其实，镇守海南的主力是刘安棋指挥的国民党军第二十三兵团，它是蒋介石的嫡系部队。该兵团下辖的第三十二军和第五十军，是全副美械装备的精锐之师。

在解放全中国的隆隆炮声中，海南岛上的敌军其实已经走向了末路，但薛岳凭靠琼州海峡这道天然屏障和本身的海空军事优势，加紧了环岛立体防御工事的布置构建，企图防御我军攻势，长久地占据海南岛。

薛岳曾为国民党立下过赫赫战功，是和我军势不两立的死敌，是我军奉命缉拿的十恶不赦的重要战犯。

薛岳又名仰岳，字伯陵，外号"老虎仔"。在我军解放广州前 3 天才狼狈地逃到海南岛，于 12 月 1 日出任"海南防卫总司令"。

薛岳马上整编部队，调整部署，制订防御计划。

在解放战争中，国民党部队中失败、受创的全都是陆军，而海军和空军几乎没受过什么伤损。所以，薛岳才决定凭借海空军优势，采取立体防御，阻止我军的进攻。

他采取的具体措施是：

以海空军大肆轰炸雷州半岛沿海渡口，使我军船只无法集体起渡。

在空军的配合下，海军加强在琼州海峡的巡逻，防止我军的偷袭和侦察，扰乱我军的海上训练活动，寻机在我军的海训中对我军进行军事打击。

尽量在海上和我军交战，阻止我军渡海，或严重打击我军，以削弱我军渡海部队的有生力量。

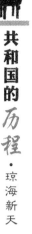

加强岛上海防工事建筑，使我军没有退路，在沙滩上消灭我军的登陆部队。

如果实在无法阻止我军登陆，就和我军在岛上展开陆战。为此，薛岳将部队整编为四路军，并在岛上划分东西南北四个守备区。

第一路军由蒋介石派系的三十二军编成，防守海南岛东北部，军部设在嘉积，防御地段从木栏港到乌石港，全长342公里。

第二路军由余汉谋部的六十二军及警保部队编成，防守海南岛北部，军部设在澄迈，防御地段从木栏港到林诗港，全长158公里。

第三路军由陈济棠部的六十四军和薛岳部的四军编成，防守海南岛西部，六十四军和四军的军部分别设在加来和那大，防御地段从林诗港到临头湾，全长396公里。

第四路军由陈济棠部六十三军编成，防守海南岛南部，军部设在榆林。防御地段从乌石港到临头湾止，全长303公里。

此外，薛岳还在岛上设置了三道防线：

将铜鼓岭、抱虎岭、七星岭、铺前、塔市、海口市、白莲、花场、天尾、马袅、临高角、新盈、定城等沿海地带作为第一道防线。

将长坡、烟塘、黄竹、新英、瑞溪、金江、红石岭、加来、那大、白马井等地作为第二道防线。

将海口市、白莲、花场、天星、马裊等地作为核心防线。

薛岳还命令部队加强对我军琼崖纵队的清剿力度，摧毁纵队的根据地和游击区，以保证其后方安全。

不得不说，薛岳的军事指挥能力是比较强的，对海南岛上的部队，他也有着一定程度的控制能力。

薛岳是热衷声誉和军功之徒，苦心布防之后，在军车狂叫、飞机轰鸣及军舰嘶吼中，他有些飘飘然了。

薛岳守着海南岛，认为他那坚不可摧的立体防线应该被命个名了。有人向薛岳建议，"二战"前夕，法国在其东部国境线上构建无法攻破的防御体系"马其诺防线"，就是以法国陆军部长马其诺的名字命名的。现在薛岳构建的这道防线也可以以自己的字命名，表明他这位总司令坚守海南岛的决心和信心，并激发岛上官兵的士气。这就是"伯陵防线"的由来。

薛岳幻想这道防线使我军遭受金门岛那样的惨败，让他重振雄风，名扬四方。而"伯陵防线"也会和"马其诺防线"一样，受到世人称赞。

他常扬扬自得地夸口他的"伯陵防线"是"固若金汤"，还说："共军想用破帆船攻破拥有现代化海陆空立体防御的'伯陵防线'，是痴人说梦。"

美国陆海空军的一些高级军官和国民党高级将领陈诚等曾到海南岛考察岛上防御情况。薛岳还举行了一次事先经过充分准备安排并貌似力量强大的军事演习，得到了美国人的赞美和蒋介石的许诺。

薛岳又下令：不允许任何船只出海，不允许渔民出海捕鱼，一旦发现海面有船只就开枪射击。

从全国性的战略意义上来分析，兵败大陆之后的国民党是妄图利用琼州海峡这一天险，将海南岛和万山、金门、舟山等岛屿一并组成一道战略屏障，以防护台湾，并以这些岛屿为基地，实行对大陆的包围、封锁。

自 1950 年 1 月底以来，薛岳布置在海南岛上的国民党军，为阻止破坏人民解放军登陆作战，一方面以海空军封锁海峡，破坏解放军登陆准备；另一方面以 5 个师的兵力加强对冯白驹琼崖纵队的"清剿"。

在这期间，薛岳曾给台湾发电，向蒋介石汇报他制订的"海南防卫作战计划"。这份计划，是在国民党海南特区原警备司令陈济棠制订的"防海必先守雷"计划之上重新制定的，即要确保海南，必先确保雷州半岛。

当薛岳再一次致电蒋介石，吹嘘得到陈诚首肯的"伯陵防线""固若金汤，共军难越雷池半步"时，万万没有想到，他的计划早已落入雷州半岛人民解放军高级指挥机关，现已摆在林彪的案头。

薛岳更不会想到，这份绝密防卫计划，竟是他亲自指定的防卫计划制订人之一、司令部少将、高级参谋林苔材送给琼崖纵队的。

敌情日益明了，战前准备日益成熟。渡海作战前敌指挥部遂将"积极偷渡、分批小渡与最后登陆相结合"

的战役方针呈报给林彪司令员。

林彪不仅了解敌情，而且对部队渡海作战准备工作的进展情况也了如指掌，此时又看到前敌指挥部作出的与他的决策相一致的作战方针，于是立即提笔签上"同意"二字，并批示速报中央军委、毛泽东主席。

毛泽东很快回了电，称："此种方法有效，即可提前解放海南岛。"

韩先楚看到正符合自己想法的上级指示电，心中无比高兴，立即找政委袁升平和副军长解方，研究偷渡的兵力部署。

先遣行动，血战开始

渡海先遣营成功登岛

根据海南岛战役作战会议决定的关于"先派小股部队偷渡过海"的作战方略，我军渡海兵团利用海南岛上的敌人抽调部队"清剿"琼崖纵队，两翼防卫兵力较弱这一有利时机，令第四十军与第四十三军各集结一个加强营的兵力，分别偷渡到岛上的东北部和西北部。

1950年3月5日19时，四十军一一八师参谋长苟在松率领该师三五二团一个799人的加强营分别乘着13艘木帆船，在雷州半岛西南端的灯楼角开始了偷渡行动。

行动之前，韩先楚军长把一面绣着"渡海先锋营"5个字的红旗授予了战士们，使大家大受鼓舞，更增强了胜利完成偷渡重任的决心。

先遣营的目标登陆点是海南岛西北部的白马井。一开始，在顺势风向的推送下，战士们进程十分顺利。可当他们行驶到距离对岸约30海里处时，风却停了下来，战士们只好用人力划动桨橹使船继续前行，但航速缓慢了很多，这样先遣营于天亮登岸的计划就不能实现了，战士们不得不随机应变。

在这关键时刻，先遣营总指挥、参谋长苟在松马上下令全营准备机炮火力，以应对敌海空军极有可能的突然袭击。

黎明时分，战士们忽然发现了行驶在附近的几十艘敌军帆船。先遣营指挥员当机立断地下令全营船只伪装成民船，跟随在敌方船队后航行，遇上敌人的海上巡逻机，战士们就学着敌船的做法去回应巡逻机。这一手，竟然将敌人的飞机也欺骗住了。

　　中午时，先遣营船队已经驶至白马井附近的海面。根据登陆点的敌情、地形和老领航员的建议，先遣营决定在稍微偏离白马井的超头市与大小南头之间登陆。这个地区的守敌本来仅有敌五十九师一七五团的一个连，但上午时已经增派了一个营。

　　先遣营的基准船和三连的两只船一直航行在船队的最前面。营教导员张仲先对战士们说："岸上小山包就是登陆点，我们要尽快前进。占了海滩，一连三排马上去占领西边的村子；三连三排向东，以防敌人的援兵；三连二排直入插进，联系琼崖纵队的接应部队。"

　　就在这时，岸上突然冲出一批敌人，在沙滩上一起朝先遣营开枪扫射。几架敌机也飞过来俯冲扫射、轰炸。海上的敌舰也从后面猛烈炮击先遣营的船队。

　　一时间，海面上水柱激溅，先遣营许多船只被击中，黑烟直冒。

　　二连某排的船只也中了敌舰的炮弹，顿时有 10 多人伤亡，船身也被炸开了几个大洞，眼看就要沉没。全船战士沉着地一边抢补船只，一边救治伤员，一边机智划动船只向敌人还击。

先遣行动，血战开始

在海上划了很长时间船的战士们本来都已非常劳累，可一听到枪声，个个都马上精神百倍起来，用六〇炮、重机枪、步枪一齐射击敌人。

基准船上的舵手傅世俊不幸中弹，牺牲了。这个英雄的山东子弟，抗战后期成了一名战士，从长白山下起就一路东征西讨，转战了中国的大部分土地，最终在这里为解放海南献出了自己的生命。在牺牲的那一刻，这位人民的子弟兵还将舵把握得紧紧的，咬着牙说："不要管我，你们快上岸！登陆就是胜利！"

傅世俊的牺牲顿时燃起了先遣营战士们的熊熊怒火。我军一时更是枪炮震天，炮筒打得发烫发红，炮手们就包上草席继续打。机炮连的六〇炮手赵连有一连发射了54颗炮弹，几乎是弹无虚发，敌人被打得狼哭鬼嚎，伤亡惨重。

此时船距离海滩仅有100多米。敌人攻势较猛，离开船可以减少伤亡，于是张仲先等人用竹竿一测海水深度后，决定马上下船登陆。

一连连长毕德玉举着枪率先跳到海水里，冲向岸上。战士王忠扛着红旗和其他战士紧紧跟随在他身后。司号员还未吹响军号就中弹而倒，他挣扎着仰起脸庞，吹起了嘹亮的冲锋号。三连及一连三排的战士们跳到海水中，依靠背包和毛竹救生圈，一边向前游一边射击敌人。

苟在松和团长罗绍福及营长陈永康等指挥尚在船上的战士们一边和敌机作战，一边用火炮掩护涌向岸上的战友。仅几分钟后，指挥船和其他船只也靠岸登陆了。此时正是 13 时 40 分，战士们永远都不会忘记这珍贵的时刻。

战士们一登陆更是神勇无敌，马上又向敌人发起猛攻。许多战士的鞋子丢在海中了，于是赤着脚向敌人冲杀。

先遣营迅速地攻占了敌人的几处防御工事。那面"渡海先锋队"红旗在硝烟中猎猎地飘飞着，再次激起了战士们的士气，他们继续冲锋，很快就将滩头阵地扩大。

大约 14 时，在火速赶来的琼崖纵队第一总队第八团的援助下，先遣营终于克敌制胜，出色地完成了强渡海南岛的军事任务。

这一仗的胜利不但让整个渡海作战兵团士气大振，还使后续进行偷渡的部队从中吸取了拒敌强渡的可贵经验。

3 月 10 日 13 时，第二个渡海先遣营的 21 艘木帆船于湛江东南方向起程，目标登陆点为海南岛东北部的赤水港。这个先遣营由四十三军一二八师三八三团一营及配属的九十二步兵炮连共 1000 多名指战员组成，由三八三团团长徐芳春率领。

此次我军是从侧翼进行偷渡，并没有遭遇敌人的海空军，可是当夜海上刮起了大风，还下起了倾盆大雨。在惊涛骇浪中，第二个先遣营船队的战士们面临的险恶情况并不逊于第一个先遣营。

先遣行动，血战开始

有些船的帆篷被风撕裂，有些船的桅杆被狂风刮断，有些船的船身更是被大浪击破，但 1000 多名指战员反而勇气倍增，他们万众一心，不畏险难，同风浪搏击了 20 个小时之后，终于在次日上午约 9 时在赤水港到铜鼓岭之间 30 公里的海滩上分散登陆，再一次体现了我人民解放军无往不胜的英雄气概！

可是，因为不能较好地进行通信联系，这 1000 多人的先遣营登岸后只好分散地隐蔽起来。幸好，在当地群众的协助下，琼崖纵队独立团克服各种困难，把先遣营的战士们分批带到了预定集合的地点，并以迅雷不及掩耳之势冲破了敌军的封锁，在 12 日早晨抵达文昌地区。

我军两个先遣营先后成功登陆海南岛，让过度高估"伯陵防线"的薛岳恼羞成怒，急忙集结 6 个团向文昌发起进攻，企图包围并消灭还未立稳脚跟的四十三军渡海先遣营。

不久，四十三军先遣营就在潭门一带和敌暂编十三师一个多团兵力接火，而且陷入了对方的钳形包围圈中，形势非常严峻。

激战展开，先遣营二连连长李树廷发现敌人的三十七团团指挥所就设在这一带的山上，他马上下令下属某排做出对敌团指挥所正面进攻的假动作，以此迷惑敌人，他本人则率一个班的战士从侧面冲进该指挥所，击毙敌三十七团团长。敌团长一死，失去首领的敌人顿时乱成一团，先遣营战士们士气大增，敌人抵抗不住，只好四处溃逃了。

就这样，在琼纵独立团和当地群众的大力协助下，我四十三军先遣营将敌暂编十三师三十七团的一个营全数歼灭，还粉碎了该师三十九团的攻势。

之后，这支给了敌人有力一击的先遣营又转到琼东根据地休整。成功地解放了海南岛后，该营获得了四十三军授予的"渡海先锋营"光荣称号，该营二连也获得了"渡海英雄连"称号。

先遣行动，血战开始

四十军先遣团登陆激战

四十军和四十三军两个渡海先遣营的偷渡成功，加强了岛上我方力量，并为主力部队登陆积累了经验，创造了条件。

为了进一步摸清"伯陵防线"的虚实，为大举跨海登陆做好准备，兵团决定由四十军和四十三军再各派一个加强团，从海南岛北部地区进行正面强渡。

1950 年 3 月 26 日黄昏，夕阳西沉。

第一个先遣团由四十军一一八师三五二团的主力部队和三五三团二营及炮兵大队组成，共 3000 人，率领者是一一八师政治部主任刘振华和琼崖纵队副司令员马白山。

这次我军出动了木帆船 72 艘、机帆船 9 艘，出发点还是灯楼角。先遣团一路乘风破浪，直朝临高角驶去。

航行了 1 个多小时，夜幕降临，东北风停了，船队的速度减慢下来。刘振华下令："摇橹划桨，继续前进！"

午夜时分，春雾在海面上撒下了白茫茫的纱帐，3 米以外什么也看不见，整个船队在雾中消失了踪影。正在这时，大家只听到敌人的夜航飞机在头顶上飞过，海面上也传来敌舰的马达声。但海上大雾把先遣团的船队掩护了起来。

大雾掩护了船队，却也给船队带来了麻烦，各船之间联络方式失效了。仅有的无线电，也仅能使大队的指挥船联络各营的指挥船，船队航行的队形开始乱了，无法了解相互位置，各船只好根据指北针和粗略的海图来判断方向。

如果继续这样下去，很难保证整个先遣团都在预定地点一起登陆，刘振华感到问题严重。这个时候有人主张继续前进，有人主张返回去另择吉日。

刘振华自己经过慎重考虑，果断决定：只能前进，不能后退。即使失掉联系，各船也要机动靠岸，单船也要敢于登陆，总的方向是五指山！

大队指挥船开动了机器，用马达声引导附近船只前进。

3时整，刘振华突然接到报告："前面发现敌舰！"

"瞄准敌舰，开炮！"随着刘振华的命令，几十发炮弹落在敌舰周围爆炸，升起了一股股冲天的水柱。

刘振华又乘机下达第二道命令："步兵连拿出绳索、挂钩，准备冲上敌舰去炸！"可他们未曾料到，一阵炮击就把敌人吓破了胆，庞大的敌舰仓皇地还击了几炮，就掉头逃跑了。

马白山紧握着刘振华的手，和战士们一起放声欢呼起来："我们的木船打败敌人的兵舰了！"

先遣团次日上午5时至8时终于在临高角以东20公里宽的沙滩上先后登陆了。

由于在海上大雾中偏离了方向，先遣团一上岸就处在敌人的"虎口"中，加上得不到琼崖纵队的接应，比起先前的两个先遣营，先遣团的处境更加危险，只要有一点行动上的失误，就很有可能被敌人全歼在沙滩上。

在这种危急的形势下，在解放战争中饱经战阵的先遣团3000名指战员，无不迸发出革命英雄主义的豪气，人人以枪声为命令，哪里的枪炮声最激烈、最密集，他们就往哪里冲锋，使自己部队的实力得以保存。

这场激烈战斗，涌现了不少英雄个人和模范战斗团体。

其中有历史资料记载的就有曾经获得"四平战斗模范排"光荣称号的四十军——八师三五二团三营八连二排。这个排登上海南岛林诗港附近的地方后，在营长冷利华的率领下立刻攀上高达两丈以上的悬崖，势不可当地一路向敌人猛攻，以掩护后面的部队插向敌人的纵深防御体系。

在前进的通道被敌军的火力密集封锁时，该排迫击炮手朱歧芳从容不迫地架起炮，迅速炸毁敌人一座碉堡，并不顾身负重伤一连发出24颗炮弹，炸毁了敌人整个碉堡群，为保证部队的挺进，立下了不可磨灭的战功。

同一时候，在玉包港附近的海岸，我军还未登陆的20多艘船遭受到了敌人两艘军舰和几架飞机的猛击，险象环生。三五二团二营四连的两只战船立刻转舵，对敌军舰和飞机进行还击，吸引其进攻，为主力船队抢滩登陆争取时间，创造机会。

这场惨烈的激战，我军两艘船上的指战员英勇地抵抗到底，打光了所有的子弹，大多数阵亡，为海南岛的解放事业献出了自己的生命。

未能及时接应到先遣团的琼纵一总队和四十军先遣营仍然坚决执行命令，在原定的登陆地点和敌军展开了殊死搏杀，把敌人的两个师紧紧地钳制住，缓减了先遣团的压力，使登陆作战能够顺利地进行。

恶战持续了整整3天，先遣团先后突破了敌人的六十二军、六十四军共10多个营的重重截击，并摆脱了其追击，29日晚终于在美厚村一带和琼崖纵队一总队部队胜利会师。

先遣行动，血战开始

琼崖纵队浴血奋战

四十军先遣团强行登陆时，仅遇到海防第一线的敌人，此外并未见任何二线和纵深的机动敌军。

后来，刘振华等人经过侦察和审问俘虏，才得知原来是琼崖纵队第一总队的两个团及一个警卫连和四十军先遣营将敌人牵制住了。

琼纵第一总队第八团在接应四十军先遣营之后，又用大约20天的时间在儋县木排休整、训练，准备再次接应大部队登陆。

3月26日上午，八团团长伍向华和政委李恩铭接到通知，马上赶到了朗村的前线指挥部见了琼纵政治部副主任陈青山、一总队长陈求光和四十军一一八师参谋长苟在松。

陈青山三人告诉伍向华和李恩铭，我四十军先遣团将在3月27日天亮前在临高角一带登陆。琼纵一总队和四十军先遣营要负责接应他们。

陈求光说："八团要派一个营，协助四十军先遣营的两个连，攻下临高角扶提东村的敌人据点，攻占滩头阵地，无论如何都要保障我军安全登陆；一个营专门防止波莲方向的敌人援兵；另一个营就作为机动队，看情况行动。"

此外，琼纵一总队还命七团攻占临高东英，并警戒临高县城的援敌。九团还派一个营到儋县长坡，假装进攻那里的敌人，将他们拖住，以减轻接应部队的压力。

四十军先遣营的另外两个连则作为机动部队，听从前线指挥部调遣。

伍向华和李恩铭回到团里就马上向各营传达了总队的命令，并布置任务。

天黑后，接应部队在坎坷不平的山路上出发了。约凌晨4时，各营抵达指定地点，整队备战。八团一营和先遣营的一个连迅速包围了扶提东村。这个村子里驻有敌人的一个加强连，还构筑了一层层的混凝土碉堡群。

大约4时30分，我军从正面和左翼向敌人据点展开猛烈攻击。敌人仗着碉堡坚固和装备精良，拼命抵抗。激战了1个多小时之后，我军终于占领了敌人的前沿阵地，将他们正面和左翼的两个碉堡炸毁，又继续向前攻进。

这场战斗到次日清晨还未停止，这时，敌人探明了我军的兵力，于是加大了火力，向我军反攻过来。敌人火力太密集了，我军伤亡增多。

我军也相应地重新调整兵力，让一营正面佯攻，吸引敌人的攻势，先遣营某连则组成30多人的尖刀排，从侧翼插入敌人的中心阵地，内外夹攻，打击敌人。

战斗仍然激烈地进行着，尖刀排乘一营向敌人正面冲锋的时候折回到侧翼，猛然插向敌人的中心。

先遣行动，血战开始

就在这时，一阵阵的枪声突然从玉包港那边传来，空中也出现了敌人的战机。

伍向华和指挥四十军先遣营的罗绍福团长都不明所以。交换了意见之后，他俩都认为我军渡海部队已靠近海岸，但已经改变了登陆地点。约凌晨 1 时，他俩就接到前线指挥部的通知，知道渡海部队的船队距离海岸大约 20 公里。此刻正是先遣团接近海岸的时候，可能是他们正在玉包港登陆点和敌人交战。

这时候还没有接到前线指挥部的任何命令，于是罗团长下令继续攻打眼前的敌人，这样可以拖住他们，间接地援助先遣团。

此时，我军接到了当地群众和侦察人员的报告，敌人的两个团已经从东英那边开到位于居留村东南面 1 公里左右的高定村。

而在龙兰村无名高地我军二营的阵地上，也是枪声大作。

伍向华认为各路援敌都扑向扶提这边了，他提议出动三营截击从东英方向扑来的敌人，罗团长同意了。

于是，三营马上开到居留村东南边的丘陵地带，以少抵多地和敌人展开激战。

团指挥所只有先遣营的一个排和刚从战场上撤下来的数十名重伤员。罗绍福连忙率两个班的战士，占领居留村后面的无名高地，以保护团指挥所和重伤员。

战士们都做好准备和敌人拼杀。负责后方工作的人员及时赶到指挥所，马上和群众将伤员送到了后方。

下午 2 时左右，前线指挥部命令伍向华等人撤退。我军刚撤到居留村东口，就遇到了扶提村外来的敌军，双方立刻交上了火。我军边战边退。伍向华和警卫员撤到村外时，只见村口已被敌人守住了。伍向华和警卫员绕到敌人机枪阵地的侧面进攻敌人，打算引开敌人的机枪火力，让战士们乘机突围。可我方人员太少，又缺少弹药，无法达到目的，不得不又退回村子里。

居留村中到处都是枪声，敌人已经将我军的一个班包围在村里。形势十分危急，但战士们的意志十分坚定，宁愿牺牲在敌人的枪口下，也绝不交枪。

伍向华等人隐蔽到一户人家中，打算借残缺院墙作掩护和敌人抗争到底。这时一位老乡不顾个人安危来到他们中间，带他们到破旧的柴屋中藏起来。

敌人进入村子，四处搜查一无所获，以为我军战士们已经逃出村子，于是向高定村那边追去。

战士们从柴屋里出来，离开村子，在途中遇到了我军撤退的部队，于是一起撤往朗村。

为了能让部队安全地通过临城至新兴的公路，二营始终坚守在龙兰村的无名高地，英勇地抵抗从波莲扑来的兵力是自己 10 倍而且武器十分精良的敌人。

敌人分批轮流进攻我军阵地，可一次次都被二营战士打退。敌人伤亡惨重。

我军终于在下午 3 时越过了临新公路，回到朗村。

先遣行动，血战开始

二营出色地完成了阻击敌人的任务，在先遣营迫击炮排的掩护下也安全地撤回了朗村。

接应部队虽然没有在预定的登陆点接应到四十军先遣团，却牵制了敌军。在扶提东村的战斗中，敌人从我接应部队的动态中判断四十军先遣团将在临高角一带登陆，于是把澄迈驻军的主力调向临高角一带，致使玉包港的兵力严重不足，我四十军先遣团才能够相对顺利地登陆玉包港。

木船打军舰大显神威

获悉第四十军先遣团偷渡成功后，兵团又决定按照原先的计划，由四十三军一二七师三七九团和三八一团一营共 3733 人组成第二个先遣团，在 3 月 31 日 22 时 30 分从雷州半岛东南端的博赊港起航，拟在岛北海口市以东的铺前港登陆。

一二七师王东保师长率领第二先遣偷渡团的 88 艘战船一路向铺前港方向不停急驶。4 月 1 日 3 时左右，已经在夜幕中渡过琼州海峡中流的先遣团遇到了敌人一大两小三艘攻击力极强的海军战舰的截击。

先遣团的战斗队形被打乱了，危急之际，肩负护航重任的"红五连"三艘火力船马上掉头冲向敌人的大战舰，和它展开了超近距离的激战。在离敌舰大约有 50 米时，我军三艘火力船上的战士们将战防炮、迫击炮等所有轻重武器，还有手榴弹一齐对敌舰发起密集的攻击。

这场战斗激烈异常，我军火力船上的战士们出现重大伤亡，但他们都置生死于脑后，丝毫没有放松对敌舰的攻击。

在这种情况下，敌人的那两艘小战舰都不敢过来救援，大战舰只好拼命逃窜去了。

就这样，在这琼州海峡上，我军创造了世界海军史上"用木船打败军舰"的伟大奇迹!

第二先遣团创造的闻名中外的"木船打兵舰"的战斗,是浦恩绍和他的战友创造的奇迹。

在战前的海上大练兵中,浦恩绍就已被选为水手,他勤学苦练,学会了撑篷、掌舵、摇橹等全套行船技术。

3月31日晚,四十三军的第二先遣偷渡团偷渡琼州海峡,浦恩绍和全班战士就在三八一团六连五号船上担负掩护主力船队的重大任务。

在与敌舰交战中,敌舰炮弹多次击伤小船,有几名战士倒下了,浦恩绍连中数弹,但他义无反顾地抢堵伤船洞口,并且用大砍刀砍断了篷索,把桅杆推下了大海,减少了伤船的重量,使之冲向敌军舰,并且与敌军舰互相咬紧激战了5个多小时,直到剩下他一人和一把橹,为我军大部队在南岸成功登陆创造了条件。

事后,当邓华等兵团首长听到"三艘木船打败三艘军舰"的消息后,感叹不已,并向四野和毛泽东报告了这一事迹。

毛泽东阅后批示:

这是人民海军的首次英勇战绩,应予学习和表扬!

1950年9月,浦恩绍被中央军委授予"全国战斗英雄"称号,成为受到毛主席等党中央领导同志亲切接见的战斗英雄、海上英雄。

为了表彰五号船的功绩，五号船被海南部队命名为"英雄船"，浦恩绍也被授予"海上英雄"的称号，1950年9月，他出席了"全国战斗英雄代表大会"。

1950年9月26日，毛泽东主席在中秋之夜设宴招待全体英雄代表，浦恩绍就是其中之一。

这场海上激战中我军打败了敌人，船队继续向前航行，但三营八九连的船队在战斗中脱离了编队，导致他们最终错误地在海口市白沙门岛登陆。

这儿是敌人兵力较强的地带，战士们一上岸就被敌人层层包围住。经过了一昼夜的血战，三营八九连的战士们大多数都壮烈捐躯了。

在先遣团尚未登陆之前的4月1日凌晨，琼崖纵队独立团和三总队一团就已经迅速赶到位于预定的接应地点北创港和铺前港之间的塔市，将防守在沙滩上的敌人两个步兵连和一个迫击炮连全部消灭，接着又打垮敌军两个团的截击，并在当天夜晚和先遣团会合，一同到文昌地区隐蔽起来。

我军先遣偷渡部队在并不长的时间里先后成功地登上海南岛，为大部队对海南岛的强攻行动做好了充分的准备。

先遣行动，血战开始

徐闻船工血洒海疆

12 月 30 日，按照十五兵团命令，军部和各师分别进驻琼州半岛的海康军部、徐闻、北海、安铺一线，投入了解放海南岛的战前准备工作。

当地政府和广大人民群众全力以赴支援子弟兵解放海南岛。部队所经过的村镇，到处都扎起高大的松门，鞭炮锣鼓响成一片，群众还在路旁摆满了茶水、稀饭、甘蔗，慰劳过境的部队。

公路高低不平，桥梁大半被敌人破坏，沿途随处可见抡镐、挥锹、修桥、补路的男女群众，各种口号、标语随处可见：

欢迎人民解放军解放海南岛！
英勇善战的人民解放军万岁！

1950 年初，四野四十军、四十三军组成的渡海兵团进驻徐闻。在中共徐闻县委的领导下，徐闻人民全力以赴，积极参与支前工作及加入解放军渡海作战，谱写了壮烈的历史诗篇。

当时我军在徐闻全县各沿海乡村共征集帆船 486 艘，招募船工 1519 人，征集供军队运输使用的牛车 2.7666 万辆。

为支援部队解放海南，徐闻人民在生活贫困的情况下，踊跃向部队捐钱献物，有的妇女不仅投入磨谷、舂米、劈柴、缝纫等支前战斗行列，还参加抢修了 20 多条公路，长达 380 公里，解决了道路畅通问题，有效地保证解放军及时运送弹药、粮草。

渡海作战之前，徐闻县龙塘镇包宅村是我军的海练基地。在解放海南岛的战役中，包宅村就有 36 位年轻力壮、驾船技术过硬的船工参加了渡海作战。

为协助部队进行海练，包宅村的船工们和其他地方海练基地的船工一样，冒着敌机轰炸、扫射的危险，耐心指教战士们学游泳、识潮流、辨航向和练划桨、摇船、掌舵。在运送部队渡海作战方面，包宅村的船工和其他地方海练基地的船工齐心协力，一致宣誓"徐闻船工誓与将士共存亡，人在船在"，并组成了护航船队。

在 3 月 31 日四十三军先遣团的偷渡行动中，护航船在海面上行驶了约半个钟头就遇上了敌人的军舰，敌舰向护航船冲来并开火，船上的连长下令转舵，舵手包振祥急转舵把，木帆船冒着敌舰炮火的射击直向敌舰疾冲，护航队的另几艘船也冲上截堵敌舰。突然，敌舰发射的一颗空爆弹在船右上空爆炸，一块弹片飞来削断帆索，船帆落下，致使护航船倾斜险些翻船。

当时，有一名英勇的船工用牙齿咬住帆索，迅速爬上桅杆顶，敌舰的炮弹在海上炸开，弹片乱飞，护航船

先遣行动，血战开始

大幅度摇摆，一块弹片击伤了桅杆顶船工的手臂，血顺着桅杆往下流。为扬起船帆，这名英勇的船工忍着剧痛，双腿紧紧夹住桅杆，终于将帆索断端穿进滑轮，拉过帆索，又扬起了船帆，护航船全速前进，向敌舰冲去。

4月1日零时许，当先遣团的船只向海岸靠拢时，一颗炮弹落于包家训所在的船桅杆底部爆炸，桅杆被炸断，舵手包振祥中弹牺牲。当时他浑身是血，血顺着衣服流到船板上，又顺着船板流向大海，他的血虽流干了，但他睁大着眼睛，双手仍紧紧地握着舵盘。这年包振祥53岁，牺牲时家里还有个7岁的小男孩。

其他船工也和战士们同仇敌忾，冒着密雨般的枪弹和呼啸的炮弹，和战士们一同英勇冲锋。在炮火中，战士们面对视死如归的强悍船工，肃然起敬，纷纷自觉地围起人墙，用血肉的躯体挡住横飞的枪弹，掩护船工们的安全。

三、 强渡作战， 大举强攻

● 韩先楚说："渡海时间只能提前，不能拖延，一切准备工作必须在 3 月份前完成。"

● 韩先楚说："要把我们善打硬仗的陆军变成海军陆战队，把我们东北的旱老虎变成海里蛟龙！大家有没有信心？"

● 雷州半岛南端弯弯曲曲的海岸线上泊满了大大小小的木帆船，樯橹如云，连绵数十里。

韩先楚决定谷雨时节发动强攻

渡海兵团的偷渡部队成功登陆海南岛，加上琼崖纵队，接应全军登陆的力量已大大加强，而且主力部队的登陆准备工作也已经基本完成。

韩先楚和袁升平从广州回到军部后，立即召开了军党委会。在会上，韩先楚提出要求说："关于去香港购买登陆艇和6月份登陆时间问题，不向下传达。对部队要强调，渡海时间只能提前，不能拖延，一切准备工作必须在3月份前完成。"

军党委成员同意韩先楚的意见，并作出了决议。目标已经确定，实现目标的秘诀有两条：一是不屈不挠，坚持到底；二是靠正确的方法。

谷雨时节前后的北风有利于我军的渡海，加上战士们也是情绪高涨，斗志旺盛，因此，第十二兵团副司令员兼第四十军军长韩先楚认为这个时候最适合一举渡海登陆，彻底解放海南岛。

在此之前，他曾与兵团司令员邓华发生激烈"争执"，素有"旋风将军"美称的韩先楚认为，目前岛上敌人已经停止了"清剿"琼崖纵队，开始重点加强海边布防，敌人有了几次教训，以后不可能再轻易让我军小规模偷渡成功。

韩先楚说，我们现在偷渡过去的船去多回少，如果继续这样"逐步添油"，就会使主力部队的最后登陆因船只不足而难以形成重拳。

　　几次成功的偷渡，已经探明了敌情。眼看要进入4月，谷雨来临，对渡海有利的季节风将要结束。时不我待，摆在领导者面前的是两着"棋"：一是一声令下，万船齐发，大举登陆作战；一是小打小闹，继续组织小规模潜渡。

　　韩先楚经过深思熟虑，权衡利弊，认为前一着"棋"是可走的，是最有利的。其理由是：

　　首先，我军先后4次偷渡，使敌我形势发生了很大变化，岛上已潜伏着相当大的内应力量；而目前敌人的兵力部署主要是针对我小规模的偷渡，非常有利于我军出其不意，突然大举进攻。

　　其次，形势不等人，季节不等人，必须乘谷雨前的季节风行动；如错过时机，不仅解放海南岛的任务将长期拖延，就连日后小规模偷渡也将失去可能。

　　第三，偷渡的船只有去无回，长此下去，船只问题亦无法解决。

　　第四，几次偷渡的行动说明，不管是岛上的两侧、正面，不管是一个营、一个团或一条单船，都能突破敌人的防线，冲到岛上。实施大规模登陆，兵力多，火力强，登陆突破更有把握，前面的部队先开辟登陆通道，后续部队就可以登上去。

强渡作战，大举强攻

第五，我们已经取得了渡海登陆作战的一些经验，部队有针对性的海练也取得了成效，全军指战员都斗志高涨。抓住这些有利因素，一举解放海南岛是完全有把握的。

韩先楚认为，后一着"棋"不可走。因为岛上尚有敌人的10万守军，且有海空优势，一旦我坐失良机，敌人不但加固防御工事，而且可以动用机动兵力对我琼崖纵队及已登陆部队进行"围剿"，给岛上部队造成严重困难，那时我军将由主动变为被动。**战场上竞争的实质，就是竞争时间，竞争机遇。**

韩先楚在军党委会上谈自己的看法和意见，得到与会者的理解和支持。为此，韩先楚向中央表示："如果兄弟部队四十三军没有准备好，我愿亲率四十军主力单独渡海作战。"

韩先楚攻取海南的心情十分迫切，在战士们初到前线面对惊涛骇浪而产生畏战情绪时，他就率先将指挥所移到了海边，搭起了草棚，与战士们一起上船，一起下海，千方百计地搜集有关海洋知识和海战史料。

韩先楚的意见报到十五兵团后，邓华还专门前来审查他的作战计划。基于对战争天才韩先楚的信任，他的计划被批准了。经过反复推敲，兵团作出了两军主力实施大规模渡海作战的决定。

1949年12月，韩先楚和第四十军政治委员袁升平、副军长解方等人，在雷州半岛接受解放海南岛的任务回来后，便立即将部队开往海康、徐闻、北海等地训练。军部驻海康。

多少天来，韩先楚寝食难安。白天，他带领参谋和有关师的领导到海边找训练场地；晚上，召集有关人员开会，研究战前的各项准备工作。夜深了，他仍在思考问题，深感肩上的担子很重。过去，从南打到北，再从北打到南，都是在陆地作战。攻山头，打城市，战平原，虽然积累了不少经验，可渡海作战这还是头一回。几天来，韩先楚找来许多有关海南岛的资料，手不释卷，边看边将重点画上红杠，特别重要的则记在一个本子上。看得出，他是在争分夺秒地工作，考虑解放海南岛的最佳作战方案、最有利的行动时机，以及如何完成党中央和毛主席交给的任务。

要圆满完成任务，必须对海南岛的情况进行认真研究。他看资料、讲话、想问题，都离不开海南岛，心里想的是如何打入海南岛，满脑子装的是海南岛的地形、海南岛的敌情。

很快，四野和中央军委便批准了兵团的意见，也就是说韩先楚的意见被采纳了，他受到了极大的鼓舞。

为了统一领导干部的思想，第四十军党委于 1950 年 1 月 6 日在海康召开了党委扩大会议，全军团以上干部出席。

会上组织大家学习了上级关于解决海南岛问题的一系列指示及作战方针，并听取各师汇报战前准备情况及存在的一些主要问题，研究了亟待抓的工作。

韩先楚根据一些人的思想认识和反映出来的问题，有针对性地作了发言。他除再一次强调执行好中央军委和毛主席关于解放海南岛指示的意义外，还针对一些人提出的问题谈了自己的意见。他说："有人提出要去香港购买登陆艇，我觉得这办法行不通。蒋介石打内战靠的是美帝国主义，美国和英帝国主义是串通一气的，他们怎么会卖登陆艇给我们呢？以劣势装备战胜优势装备的敌人，是我们的传统。还是充分发扬我们的传统吧！发扬传统靠得住。我们要用木船去解放海南。"

韩先楚还给大家讲了个战例："日本帝国主义侵占海南岛时，第一次用军舰没有攻上去，因为那里沿海水浅滩多；第二次改用木船才打上去。"韩先楚坚定地提出："要把我们善打硬仗的陆军变成海军陆战队，把我们东北的旱老虎变成海里蛟龙！大家有没有信心？"

"有！"所有参加会议的人都齐声回答。

解方草拟作战准备工作指示

　　十二兵团参谋长兼四十军副军长解方是韩先楚作战计划的坚定支持者。他对韩先楚说，两广战役已经结束，中国大陆已无大仗可打，只剩下个海南岛还未解放，应趁敌立足未稳时攻取，这个想法是正确的。但渡海作战是个新课题，我们没有经验，应尽早补上这一课。

　　对于韩先楚和他的英雄部队来说，主要问题是第一次渡海，没有船只，没有渡海的经验。

　　部队指战员绝大部分没有渡海作战经验，有的甚至连大海都没有见过。在陆地上，部队经常翻山越岭，山再高也高不过战士的两只脚。他们可以用两条腿成为"旋风部队"，却不能用急行军渡海。再说，敌人有军舰、飞机，我军连帆船都没有。

　　韩先楚和解方以及参谋人员，几次来到海边。他们不仅没有看到一条渔船的影子，连一个渔民都没有看到。显然，国民党军逃走时，把渔船烧了或拖走了，也把渔民赶走了。

　　韩先楚和解方沿着海滩往前走。海浪有规律地冲击着悬崖，发出阵阵涛声。韩先楚突然停住脚步，他看了一眼大家，说："低潮的时候，海面平静，简直像小溪一样；可是，潮水一涨，海面就激荡起来。半潮时，海浪

强渡作战，大举强攻

拼命咆哮，好像一头被激怒了的野牛狂吼；但到了满潮时，海面又恢复了平静。潮涨潮落是有规律的。我们要渡海作战，必须了解和掌握大海的规律。"

解方便派侦察科在南宁街头书摊上，买些介绍海南岛风土人情的书籍，还有当地的《潮汐表》，连清朝海军提督的《航海手册》也买了回来研究参考。

全军认识字的战士争着看，不认识字的战士听别人讲，掀起了一股学习海洋知识的热潮。

有一天，韩先楚登上部队在海上训练的木船检查工作。有关干部在汇报工作时，大谈战士如何研究救生，还拿出战士们用竹子等做的各种救生器材。有人夸耀说："这是战士们的发明创造！"

韩先楚看后紧锁眉头，没有表态。下船后，他对该部队的师领导说："要保护和表扬战士练兵热情，但也要积极引导，不要把主要时间和精力放在如何救生上，要多鼓励战士敢于用木船打敌人兵舰，树立敢打、敢拼、敢胜的思想。"

韩先楚了解到，有的部队把缴获敌人汽车上的发动机拆下来装在木帆船上，改装成机械动力的帆船；有的部队把战防炮和其他一些小炮安在机帆船上，装成"土炮艇"，以加强对敌的杀伤力。他认为这是积极进攻的表现，于是对这种做法大加赞扬，并向其他部队介绍、推广。在韩先楚的肯定和支持下，不久部队中出现了一支由战士自己改装的土炮艇编成的"土舰队"。这些装备，后来竟成了攻打海南岛的有力武器。

正当部队争分夺秒进行战前准备时，琼崖纵队参谋长符振中潜渡到雷州岛，以协助渡海作战部队制订作战计划。符振中带来了一份海南岛敌我分布态势图以及一些资料，还有琼崖纵队的电台密码。这样，渡海作战指挥部可以和琼崖纵队用电台直接联系了。

1949 年 12 月 30 日，第四十军党委召开会议，会上传达了毛泽东关于渡海作战的指示：渡海作战与我军过去所有的战役、战斗不同，必须注意潮汐和风向，必须充分准备船只，求得一次能运载足够的兵力。前头登陆的部队，要建立巩固的滩头阵地，要能独立进攻，不依后援，要研究作战经验。

兵团副司令员韩先楚和军政治委员袁升平，根据毛泽东的指示精神分别讲话，强调贯彻落实毛泽东的指示是渡海登陆作战成功的根本。

会议还传达了上级有关指示，分析了渡海登陆作战的特点，研究了加强渡海作战必须采取的措施。

韩先楚在会上再次强调抓紧做好准备工作，立足于早打的重要意义。他说："毛主席提出及早解决海南岛问题是非常英明的。早日发起海南战役，乘敌立足未稳，打乱敌人'反攻大陆'的海上部署，可以小的代价换取大的胜利。如给敌人以喘息之机，我们将失去战机，招致无穷后患。"

他没有拿讲稿，没有高谈阔论，但非常严肃，比以

强渡作战，大举强攻

往任何一次讲话都严肃。他的讲话言简意赅，显得沉稳有力。

也许由于问题太重要，也许由于韩副司令员态度太严肃，也许由于会议气氛太紧张，会场上大家正襟危坐，鸦雀无声。

韩先楚认真研究了毛泽东主席的电报。电报强调"在春夏之交解决海南岛的问题"。毛泽东已通过气象专家了解到，琼州海峡每年从农历正月到清明前多刮东风、北风、东北风，此时南渡海峡最为有利。

过了清明，风向变化无常。一过谷雨则转为南风期，是南渡的顶头风，对渡海作战十分不利。如果遇上台风期，更是危险。

袁升平政委就做好渡海作战政治工作作了布置。

12月31日，四十军在雷州半岛集结完毕，解方迅速拟订了《渡海作战准备工作指示》，指出收集和管好船只、船工和领航人员，是当前最主要的工作。

从演习中达到多数人不晕船，部分人能撑船，并以此选定指挥作战的干部，作战力量力求精干。从演习中确定渡海船只的战斗队形，大体区分为突击船、警戒搜索船、指挥联络船和救护船。

兵团统一制订了第四十军和第四十三军作战计划。具体部署是：第四十军出动一一八师三五三团、三五四团、一一九师三五五团、三五六团、三五七团、一二〇师三五八团6个团；第四十三军出动一二八师三八二团和三八三团两个营及三八四团一个营，两军共 2.5 万人，作为渡海作战第一梯队，由韩先楚率军指挥，于 4 月 13 日前集结完毕，待机行动。

徐闻西南的鲤鱼港为两军起渡的分界线。第四十军预定在临高县马袅岛以西登陆，第四十三军在马袅岛以东登陆。

第二梯队约 2 万人，由邓华率兵团指挥部随四十三军主力继后。

兵团要求，第一梯队登陆后，必须迅速夺占并巩固滩头阵地，坚决顶住敌人的反击，保证后续部队的登陆安全；第二梯队的任务是待第一梯队登陆后，迅速起渡登陆，协同第一梯队围歼守岛敌人。岛上琼崖纵队接应部队，由两军直接指挥。两军登陆后，乘敌混乱或增援时，迅速歼灭敌主力，力求开辟一条通道，以保证后续部队通过。第四十军主力向加来市疾进，包围敌第六十四军，另一个团向那大前进；第四十三军向澄迈疾进，包围敌第六十二军，吸引援敌，求得在运动中歼敌。上述目的达到后，再视情况，拟由第四十军一个团与琼纵主力断敌退路，第四十三军主力向海口攻击前进。

韩先楚在作战地图上从灯楼角至海南岛的博铺港画了一条红线。这条线东北—西南走向，是第四十军的起渡点和预定登陆点之间的连线。战役发起后，无论东风、东北风、北风，船队都可以航渡。

大军登陆前夕，海南岛上的琼纵和已偷渡到岛上的部队及海南地方党和临时政府等都已经做了大量的准备工作，以迎接我军登陆。韩先楚建议野战军机要处编了专用密码，由军部派人偷渡过海送给冯白驹。这样，第四十军和琼纵随时可以联系，互通情报，对登陆作战极为有利。韩先楚又派侦察科长郑需凡带领侦察人员，化装成渔民，偷渡到登陆点海边侦察敌情，测量水深、流速、风向等，为渡海作战提供了可靠的资料。

经过几天认真考虑，兵团指挥部于 1950 年 4 月 10 日下定决心，确定 4 月 16 日 19 时起航，大举强攻海南岛。这一日期，是经过多次核对气象资料，并访问沿海渔民，经反复调查研究后确定的。

1950 年 4 月 11 日，在四十军团以上干部会上，解方作了关于渡海作战的最后一次报告，题目是"几个战术思想问题"，主要内容为：

一、起渡必须"等风等流，就风就流"。二、船队队形一定要"摽在一起，不要走散了"。三、坚决打击敌舰，"叫敌舰怕我们，我们不能怕敌舰"。四、"宽正面，多箭头，重点突破"。五、"连续作战，勇猛发展"。

"陆上猛虎" 成了 "海上蛟龙"

1950 年 4 月 16 日，夕阳西下，余晖耀眼，辽阔的大海中碧波轻荡。雷州半岛南端弯弯曲曲的海岸线上泊满了大大小小的木帆船，樯橹如云，连绵数十里。

岸上挤满了送行的军民，一首新编的《渡海作战歌》唱得响彻云霄：

> 千万只帆船千万把尖刀
>
> 千万个英雄怒火在燃烧
>
> 千万挺机枪千万门大炮
>
> 千万条火龙直奔海南岛
>
> 千万个英雄奖章在海南岛上光辉照耀
>
> 千万面红旗迎着海风飘……

第一强渡梯队的战士的宣誓声、口号声也是此起彼落，慷慨激昂，令人振奋。

在军长韩先楚、副军长解方等军首长指挥下，四十军第一一八师师长邓岳、政委张玉华和第一一九师师长徐国夫等，分别率领自己的部队登上战船。

正待起航，指挥船上不知谁喊了一声："不好，要变天！"

韩先楚和大家不约而同地望去，只见从西南天空涌来大片黑云，西南风骤起，海上掀起一排排巨浪，猛击船身。

许多人心里纳闷，气象资料和老渔民都认为今天是东风，怎么会变了呢？这海上的气候，确实难以预测，不一会儿就由顺风变成了顶头风。

俗话说，船行八面风，逆风船难行。西南风的出现，使大伙心里特别焦急。指挥部和海南接应部队联系，得知接应部队已开始向预定地区运动了。

韩先楚问老船工："天黑以后，西南风能不能停止？"

这是涉及军事行动的大事，没有绝对把握，谁也不敢轻易回答，大家只好焦急地等呀等。

船上一位白发银须的老艄公全神贯注地观察天象。他知道指战员的心情十分焦急，便很有把握地说："天黑以后不起东风，拿我问罪！"这不完全是出于对子弟兵的感情安慰，也是凭他几十年海上生活的丰富经验，没有绝对可靠的把握，他是不敢这样说的。他知道军中无戏言。大家深信这位艄公老伯的话，对他十分尊重。

老艄公的确称得上是一个活气象台，18 时 30 分后，海上果然刮起了东风。东风一起，大伙又都兴奋极了。

12 发红色信号弹腾空而起，350 多艘木帆船同时扯起风帆，起锚摇橹的声音伴随着越发嘹亮的歌声，使勇士出征的场面显得格外雄壮。

在第一梯队中，四十军共 261 艘木帆船，其中有 22

艘机帆船和 16 艘"土炮艇"。所谓机帆船，就是把拉炮的十轮大卡车的发动机卸下来，安装在渔船上，有风使帆，无风则开动机器。而"土炮艇"则是将步兵用的战防炮安装在木帆船上，这种炮能射穿坦克的装甲，当然也能打铁甲舰，战防炮不够就用高射机枪、重机枪和迫击炮。其他船上也都有打军舰的火力，如迫击炮、火箭筒、炸药包等。除重型火炮渔船载不起之外，能上船的步兵火器他们都想法子弄上去了。

渡海作战虽然风险较大，但我人民解放军是无所畏惧的军队，而在"旋风将军"韩先楚和副军长解方的亲自率领下，战士们更是士气如虹。

四十三军则由副军长龙书金带队，7000 余人乘坐帆船 96 艘，其中机帆船 10 艘，"土炮艇" 8 艘。

当渡海大军前进八九海里时，忽见空中闪亮一串照明弹。渡海行动被敌人发现了。

我军船队在耀眼的白光照耀下冷静沉着地继续前进。敌人的飞机在空中盘旋，不断轰炸和扫射。敌人的炮舰也不停地进行炮击和扫射。海面上一时间弹如雨下。

我军战士一面向敌机、敌舰还击，一面迅速灭掉船上的灯火。炮弹炸起的水柱在船的周围翻腾，颠簸的船使一些战士站立不稳。一些人负了伤，也顾不得包扎。

船队仍然保持着严整的战斗队形破浪前进。韩先楚下令航行在两翼的护航大队开足马力，展开战斗队形，猛烈地攻击敌舰。护航大队由改装的 20 艘土炮艇组成，

强渡作战，大举强攻

由军炮兵主任黄宇指挥。

黄宇接到军长下达的"坚决向敌舰还击"的命令后，立即率领护航大队向敌舰冲去。几艘土炮艇同时向敌舰开火，形成交叉火力，打得敌舰狼狈后退。

敌军舰此前曾几次与我偷渡部队发生小规模较量，均因靠近我军木船吃亏。敌人曾向"海南岛舰队"司令王恩华报告："共军船上有钩子、梯子、手雷、炸药包。船一靠近军舰，就不管死活地钩住军舰，人跳上来就不得了。他们扔手雷，点燃炸药包，人与舰同归于尽。可怕！太可怕了！"王恩华听了部下反映后，也觉得太可怕，下令军舰不准靠近解放军木船。难怪眼下敌舰只在远距离开炮。

黄宇率土炮艇采取陆上勇猛穿插的战术，尽量逼近敌舰，插到敌舰背后，利用敌舰火力死角，打击其要害部位。

敌舰不甘心眼看着我军千百条战船安稳地向南开进，又掉转舰首，其中一艘大型军舰依仗其速度快、火力强，气势汹汹地闯进第四十军左翼船队里猛烈开炮，企图把我军船队的队形打乱。

韩先楚站在指挥船的甲板上，沉着地指挥船队与敌激战。炮弹不断地落在指挥船周围。警卫营营长丛福滋看到军长站在外面太危险，就大声叫着要他到船舱里去。

韩先楚生气地说："在船舱里，看不见情况，怎么指挥？"

从营长说："我们向你报告外面的情况。"没等韩先楚说话，他上前一把将军长搂在怀里，往船舱里推。

"放开我，你放开我！"韩先楚连声叫喊。

从营长身负保护首长的责任，不管军长怎么喊，怎么发脾气，仍一个劲儿地将军长往船舱里推，并命令下属："看住韩军长，不准他离开！"这样，韩先楚也没有办法，他了解干部、战士的心情。

黄宇率领土炮艇冲到离敌舰只有五六十米远时，突然向敌舰猛烈炮击。敌舰指挥塔被击中，顿时燃起大火，升起滚滚浓烟。敌大型军舰再也不敢使用照明弹，以免暴露目标。其余军舰怕成为第二个被攻击的目标，窜到远方海面，盲目射击。敌飞机大概因辨不清海上目标，怕炸到了自己的军舰，也飞走了。

第四十军的船队冲破敌舰的阻拦，相互呼应着前进。船队通过主流后没多久，航速慢了下来。一看风标旗，原来东风停了。

作战参谋跑进船舱报告："首长，东风停了，怎么办？"

韩先楚下令："通知各师，命令各船摇橹前进，不得耽搁！"军令如山。各船指战员轮番摇橹、划桨，船队前进速度没有减慢。

一弯新月高高挂在天空，在海面上洒下淡淡的银光。这是战士们从来没有经过的夜晚，大家都没有说话，却都下定了决心明天要第一个登上陆岸、冲入敌阵、奋勇作战。

思想是行动的先导。思想明确，行动果敢坚定并百折不挠。奋勇前进的我军战士早已忘记了疲劳，忘记了饥饿，忘记了危险。

突然，大家看见了远处的海岸线，顿时都不约而同地高声呼叫：

"海南岛！"

"海南岛终于到了！"

"大家一鼓作气攻上岸，解放海南岛的同胞们！"

这就是战士们见到海南岛时的心情，这就是战士们对岛上人民的感情！

独木船重挫敌海军旗舰

在这场激烈的海上战斗中，黄宇所在的护航大队指挥船在航行中因发动机发生故障而脱离了编队，在黑夜中单船漂流，天亮时又遭遇了敌人军舰，于是黄宇又下令驱逐敌舰。

这是一个晴朗的早晨，能见度极好。在蓝天碧海之间出现了令人拍案叫绝的一幕。

弹痕累累的木帆船将庞大的军舰追得不亦乐乎。黄宇的指挥船咬住敌舰，边追边打，敌舰速度快，很快就逃出战防炮射程。黄宇下令停止射击，继续追击。此时突然从后面蹿上来一艘更大的军舰，黄宇为了迷惑敌人，下令用篷布将战防炮遮住，伪装成运载物资的货船，篷布上用刺刀划开一条缝用来瞄准。

敌人这艘军舰名"太平"号，是刚从台湾调来增援的，第三舰队司令王恩华将其作为旗舰。彻夜的海战使王恩华通宵未眠，他害怕夜战，一直等到天亮才亲自披挂上阵。他站在舰桥上举着望远镜搜索海面，很快就发现有一条蒙着篷布的木船正在波峰浪谷之间出没。

双方距离越来越近，敌舰长命令水兵"抓活的"。那些水兵立即从炮位和舱室窜到船舷上，拿着绳子和带钩的竿子准备"逮"住木船。

强渡作战，大举强攻

木船的白帆千疮百孔，破布片随风飘舞，船身弹痕累累。在距离"太平"号有 200 米远的时候，木船上的篷布突然掀开了，王恩华吃惊地发现布下面盖着的不是什么物资，而是一门火炮！

"轰隆"一声巨响，那门只有 57 毫米口径的小炮突然抖动了一下。王恩华被一炮击中，身负重伤，昏迷不醒。战士们一连打出 30 多发炮弹。敌舰起火，指挥塔被摧毁。

此时，大炮卡了壳，战士们就用机枪扫射敌舰。敌舰用机关炮还击。

黄宇右臂被击伤，炮长赵钻珠不幸中弹牺牲，一些战士也负了伤。

最后，"太平"号被我军战士击退，急忙返回海口基地，但是舰队司令王恩华再也没有睁开眼睛，成为国民党军在海战中阵亡的级别最高的将领。

这又是一桩"木船打军舰"的英雄奇迹。该船战后被四十军授予"战斗英雄船"称号。

"伯陵防线" 被我军突破

我军船队越来越逼近海南岛的玉包港海岸，此时已经是 17 日凌晨 2 时，韩先楚令战士们加速向滩头阵地冲击。

岛上敌军全面出动，从岸上、海上、空中组织各种火力猛烈阻击，企图阻止我军登陆。

当整个船队驶入敌人密集的火力网时，韩先楚意识到成功与否在此一举，于是命令所有的船队一面猛烈向敌人射击，一面疾速前进。

韩先楚熟悉他的部队，相信他的部队。这支能攻善守的英雄部队，在这关键时刻一定能顶住敌人，战胜敌人。

果然，在敌人猛烈火力下，战士们个个无所畏惧，勇往直前，锐不可当。当船离岸还有五六十米时，战士们纷纷跳下齐胸深的水里，向海滩冲去。当他们两脚踏上海滩后，英雄更有用武之地了。

这时，作战科长向韩先楚报告："一一九师先锋连已经登上岸，正在夺取滩头阵地。"

接着又有人报告："一一八师也已登陆。"

韩先楚要到船甲板上观察部队登陆，以便准确指挥部队行动。警卫营长和警卫员怕首长在枪林弹雨中出意

强渡作战，大举强攻

外，不让韩先楚移动一步。韩先楚生气了，但也没有办法。

侦察科长郑需凡报告："发现临高山上空升起三颗红色信号弹。"

"三颗红色信号弹。"韩先楚重复了一句，高兴地说，"好！接应部队已经攻下了临高山。"

当指挥船离岸四五十米时，韩先楚再也忍不住了，要和副军长解方下船。可警卫营长仍然阻止："为了首长安全，现在还不能下船！"

"安全！安全！哪里安全？登上陆最安全！"韩先楚生气了，发火了。这时，谁也阻拦不住他了。

第三五五团政委夏其昌见韩军长、解副军长已登上岸，担心地问："首长，现在太危险了，你们怎么在这里？"

"我们怎么不能来？"韩先楚顺口答道，只顾向前走。

"首长，滩头阵地还没有完全打下来，太危险，快隐蔽一下！"夏其昌边说，边把韩军长按倒在一块岩石后面。

韩先楚挣扎着要站起来说："没有拿下滩头阵地，我们一起来拿下！"

夏其昌转身对第三营副营长杨立明命令道："杨立明！给你一个任务，你们派人把韩司令看起来，不让他再往前去。滩头阵地还没有完全打下来，一定要保护军首长安全！"说完，就去指挥部队冲击敌人了。

杨副营长立即叫来几名战士，把韩先楚严严实实地围在一块大岩石后面。

韩先楚想走却动不了一步。他又感动，又生气，但无可奈何。趴在韩先楚身边的一名战士，看到韩先楚不情愿的样子，幽默地安慰说："首长莫着急，等拿下滩头阵地，我们就'解放'你。"

"好吧！我就等你们快一点'解放'。"韩先楚口气缓和下来了，把战士也逗乐了。

登上岸的部队，攻势犹如猛虎。左侧先锋部队在连长戴成宝带领下，不到 20 分钟就杀进纵深 5 里远，插到敌滩头阵地背后，夺取了敌重炮阵地，并立刻掉转炮口向纵深敌人轰击，打得敌人晕头转向。

在右翼的第一一九师先锋连登陆后，向纵深插入时，突然被敌人设置的壕沟、铁丝网、地堡挡住了。连长下达命令："快点扫除地雷，斩断铁丝网！"

已 3 次负伤仍冲在前面的孤胆英雄万守叶，立即指挥一个班用手榴弹扫除了地雷，接着又将铁丝网炸开道道口子，突破了敌人第一道防线。部队在前进时，突然从敌人的大型母堡中射出猛烈的火力，部队前进受阻。

"排长，你用火力掩护，我带人去解决！"万守叶说着，迅速带领几个战士向敌碉堡冲去，很快把敌碉堡炸毁了。

部队向敌纵深突进时，又遭到敌人暗堡的火力阻击。部队伤亡不断增多，情况十分危急。

"连长，我去干掉它！"万守叶再一次请战。

强渡作战，大举强攻

万守叶的要求容不得连长考虑。只见他带着几枚手榴弹向暗堡扑去，刚接近枪眼，敌人的机枪又喷出了火舌，他用自己的躯体堵住了敌人的机枪，这一惊天动地的壮举，吓破了敌胆。万守叶身上的手榴弹在暗堡旁爆炸了。

第三班副班长陈明栋趁机登上暗堡顶。敌人被吓得停止了射击，纷纷举手投降。

登陆的冲锋号吹响了，大部队顿时像海潮风暴似的向敌纵深扑去。一阵阵喊杀声，宣告了薛岳苦心经营几个月的"伯陵防线"已经被英勇的人民解放军突破。

四、 追击残敌， 全岛解放

● 薛岳苦心经营的"伯陵防线"被撕得七零八落，便急调 5 个师的机动兵力疯狂反扑。

● 韩先楚、解方等率领第四十军日夜兼程，连续作战，乘胜追歼敌人。

● 人民解放军第四十军、第四十三军在榆林港胜利会师，海南岛战役胜利结束。

陆上挺进捷报频传

我军第一梯队四十军主力逼近玉包港一线海岸时，敌海南防卫总司令薛岳被枪炮声惊醒了。

玉包港、才芳岭一带距海口市较近，薛岳以为渡海部队的主攻方向是海口，为了确保海南首府的安全，他下令防守其他地段的机动部队速向海口附近集结，拼命抵抗。

3时30分，四十军主力部队开始抢滩登陆，激战中，事先已占领了临高山制高点的琼崖纵队和四十军先遣营配合大军在山顶上居高临下地炮击敌军。只听枪炮齐吼，耀眼的炮火向下俯射，在我军无数五颜六色的信号弹的映照下，不断摧毁敌人的核心工事。

腹背受敌的敌人顿时军心动摇，纷纷弃阵而逃。

我军部队冲上海滩，乘胜向纵深推进。在临高山上的战士调整炮火向敌纵深射击，一直将敌追至临高县城。

清晨5时，我军第一梯队全部登陆。薛岳苦心经营的所谓"伯陵防线"被撕得七零八落。薛岳急调5个师的机动兵力疯狂反扑。

接着，我军各部队按战役预定方案向守岛敌军防御体系发动纵深进攻，扩大战果。四十军部队在击溃了敌六十四军一三一师两个团后，又拿下了敌人9个地堡群，并包围了临高县城。

4月19日拂晓，我四十军一一八师在美台地区包围敌六十四军一五六师师部和一个团，经数小时战斗，将其大部分歼灭。

同日，四十军一一九师奔袭位于加来地区的敌六十四军军部，并占领了该地。

四十三军一二八师主力登陆后，抢占了才芳岭、桥头等要点，歼灭敌六十四军1200余人，包围了澄迈县城以北的守敌。

薛岳慌忙又抽调兵力增援福山，妄图防止我军继续推进，威胁其首府海口市的侧翼安全。

在这之前的17日傍晚，敌暂编十三师第三十八团和三十九团就已经开进澄迈福山，和敌六十二军一五一师四五三团会合到一起，18日一早就向福山北面的地区进攻，7时在文生村一线与我军一二七师及一二八师三八三团遭遇，双方立刻展开激战。

敌人飞机不停地扫射轰炸我军，我军则以轻、重机枪进行还击。

在大吉村一带进行歼敌的我四十三军先遣营乘敌人受打击之际，突然攻进福山市，和敌人展开了巷战。而主力部队则在外围将敌人包围住，经过了7小时的激烈战斗，我军终于占领了福山，消灭了大多数敌人，并且将敌六十二军少将参谋长温轰击毙。

在福山战斗中，我军步兵还用机枪击落了敌人一架飞机。这是渡海兵团继木船击败军舰之后又创造的一桩奇迹。

次日早晨，4架敌机飞到福山上空大肆轰炸扫射。我军三八三团重机枪连从福山市东西两侧朝敌机射击，因为未能及时构筑机枪掩体，致使战士们的射击位置在仅飞行在树梢上面的敌机面前暴露无遗。

敌机轮流地轰炸、扫射我军的重机枪位置，重机枪阵地附近不断爆炸，土块纷纷炸开，溅到半空，树枝也燃烧起来了。重机枪手们从容镇定地不断射击敌机，敌机不得不提高飞行高度。

4架敌机俯冲扫射一阵后，飞走了。可它们在天上转了一圈后，又飞了回来，继续向我军射击。

我军的蒙古族重机枪手白尚杰首次开火之后，第一架飞机早已飞过去了，未能命中。正当他瞄准第二架敌机准备射击时，一颗炮弹丢到了他的附近，爆炸的气浪将他掀倒。他顾不得去拍一下身上的尘土，马上爬起，又瞄准了第二架敌机，可飞机很快又飞过去了。

一会儿，第三架敌机又呼啸着向下俯冲，已经瞄准它的白尚杰立刻开枪，顿时一串子弹从他的机枪里"嗒嗒嗒"射出，不偏不倚地击中了敌机。

敌机马上一歪，冒着浓烟烈火向地面坠下。战士们从掩体里钻出来大声欢呼。

这架敌机坠落在福山市郊外的一个山坡上，爆炸成一片硝烟烈火。这一情景将正要俯冲下来的第四架敌机吓得急忙向上拉平，蹿高后丢下几颗炸弹，便逃走了。

至此，琼北地区沿岸各要点，完全处于我军控制之下，为第二梯队的登岛奠定了胜利的基础，而"固若金汤"的"伯陵防线"已不复存在了。

我军登陆后，薛岳仍旧过度自负，尤其是在对我一二八师实施了反包围之后，他更是以为稳操胜券，甚至放出狂言"登陆共军即将被全歼"，连在海口市召开所谓的"祝捷大会"的会场也布置好了。

然而，随之而来的一连串沉重打击，却粉碎了他的美梦。

追击残敌，全岛解放

攻占迈号镇

临高山是海口市以西漫长海岸线上的最高峰。抗日
战争时期，日军侵占海南后，还在峰顶修筑了炮兵阵地。

四十军抢滩登陆之前，琼崖纵队和首批偷渡上岛的
第四十军先遣营就已经神不知鬼不觉地攀上了临高山峰
顶，全歼敌一个营，控制了这个制高点的炮兵阵地。

琼崖纵队接应四十军登陆的是由纵队政治部副主任
陈青山率领的第一总队。

陈青山受琼纵司令员兼政委冯白驹之命，经过5天
的跋涉赶到新民县第一总队，向总队长陈求光、副总队
长辜汉东、副政委林明、政治部主任黄歧山等传达了冯
白驹司令员的指示。大家异常兴奋，立即积极进行各种
准备，并与四十军先遣营取得了联系，研究了接应方案。
第一总队曾接应过几次偷渡部队登陆，已取得了一些经
验，这次又和四十军先遣营一起接应大部队登陆，更加
信心十足。

4月17日凌晨，第一总队和先遣营战士们从小道攀
上临高山，爬到离敌地堡几十米时，以迅猛的动作发起
攻击，将猝不及防的敌人全部消灭了，然后发射了3颗
红色信号弹。

当四十军的登陆部队和海岸上的守敌展开激战后，

四十军先遣团的一个野炮连立即赶到临高山，用刚刚缴获的野炮向正与渡海部队交战的敌军舰猛轰。敌人被打蒙了，以为是自己人的炮误打了自己，骂炮兵瞎了眼，最后只好狼狈逃窜。接着，野炮连又瞄准岸上的敌人据点，将其一个个敲掉。

战斗打响不久，我军插向临高角海边的部队也很快扫清了敌人在海边的防御工事，歼灭了美夏、昌拱、东英等据点里的守敌，开辟了登陆场地和通道。

在我渡海部队大举登陆时，敌人疯狂阻击。这时，由四十三军副军长龙书金和第一二八师师长黄荣海、政委相伟率领的第四十三军两个团，从雷州半岛东场港起渡，经过一路苦战，在林诗湾的雷公岛、才芳岭一带登陆成功。

黄荣海带领的三八三团率先登陆，他们很快抢占了滩头阵地，并攀上海边的才芳岭，炸毁了岭上的敌碉堡，歼灭了敌人，抢占了这个制高点。接着，三八三团在才芳岭缴获了薛岳的总司令部下达的一个指示："今晚北面共军电台活动频繁，各据点务必注意，不可掉以轻心。"

黄荣海让人在海滩上燃起三堆火，相伟带领的三八二团见到这火光，明白三八三团已经成功登陆，于是下令加速航行。上岸后，三八二团团长张士杰等人奋勇作战，一举端掉敌人的两个地堡，并歼灭了一个班的敌人，又攻下敌人一个炮兵阵地。

这时，相伟等人也登岸了。大家只听四面都是枪声，

追击残敌，全岛解放

相伟果断地下令向枪声密集的地方冲。于是战士们发起了进攻，为了保障后续部队的安全，相伟和警卫人员攻克了左前方的一个敌碉堡，继续向纵深进攻。

敌人一个营在这里负责守卫，敌营长起初还想硬抗，但我军的凌厉攻势使他很快就放弃了阵地，带着老婆偷偷逃走，可很快就被群众抓住，并交给了我军。

四十三军部队迅速攻到桥头，以闪电攻势将守敌六十四军一个团包围并消灭，当晚又消灭了防守在花场的敌人，其他的敌人争先恐后地逃向福山。

四十三军三八四团二营一登陆就击溃了岸上的敌人，巩固了沙滩阵地。

通过审问俘虏，战士们了解到清澜港一带有敌人的一个团在防守，岸上的工事大多是利用自然地形修筑的普通堑壕、掩体，但在烟墩和迈号修筑着碉堡和比较坚固的工事，目前敌人的主力部队都在纵深……

获得这些敌情，营部马上召开临时作战会议，拟订了下一步的计划：第一是将登陆地段再扩大，以便后续部队的登陆；第二是进攻烟墩和迈号，向纵深发展。

二营进攻烟墩和迈号的具体步骤是：六连从海滩上向烟墩进攻；四连从右翼进攻；五连从烟墩正面攻击；用重机枪和迫击炮加强3个连的实力，围歼烟墩的敌人。

会议结束后，二营立即根据作战计划重新编组，编成火力组、爆破组、突击队和救护组等。

4月17日9时，二营指战员们抵达烟墩。六连全连分多路向敌人左翼发起猛攻，四连则朝敌人右翼发起猛攻。同时，五连也已经从正面进攻敌人。

这场激战持续了40分钟，二营战士们歼灭了烟墩的敌人，俘虏400多人，缴获4门迫击炮、6挺重机枪、9挺轻机枪、240多支步枪和不少弹药、物资。

接着，二营营部又下令向迈号方向进军。

迈号镇南通加积，东北通向海口。敌人不但在这里增强防守兵力，还构筑了碉堡等工事。

二营急于歼灭敌人，一抵达迈号就立刻发起攻击。六连从正东面的进攻受到了敌人的阻击。

营长刘宝亲自组织机炮连的重机枪掩护六连和四连；命令五连绕到敌人的侧后进攻；命令六连爆破组炸掉敌人的碉堡；命令四连炸掉西边的碉堡；为防止敌人逃窜，又命令五连在西边阻截。战士们又一次发起猛攻。借着火力组的掩护，六连和四连成功地炸毁敌人的碉堡。

乘此良机，六连和四连英勇地冲进敌人的据点；五连则和外围的敌人展开激战。45分钟之后，二营终于攻下了迈号，消灭了敌军一个加强营的大多数敌人，其余敌人从我军部队的间隙地段仓皇逃窜。五连和四连奉命追击，全歼残敌。

二营终于夺取了迈号战斗的胜利，一共歼灭500多敌人，敌人的所有武器装备，也成了二营的战利品。

追击残敌，全岛解放

四野首长电贺渡海部队

1950年4月17日凌晨6时，当从参谋处得知韩先楚已经上岛时，通宵站在作战图前的聂荣臻元帅重重地坐在椅子上，在他看来，韩先楚这样的统帅上岛就等于是胜利！

第四野战军首长得知第四十军、第四十三军主力部队胜利登上海南岛后，特发来了贺电。

电文如下：

你们以无比的英勇，在海南岛成功地登陆了，这说明我人民解放军不仅在大陆上是无敌的，而且在海洋上也是无敌的。你们英勇地征服了波浪滔天的大海，战胜了敌人飞机、军舰的阻拦，为渡海登陆作战创造了史无前例的英雄事迹。这是你们的光荣，也是全军的光荣。由于你们的胜利登陆，海南岛上敌我力量对比已经发生了根本变化。现在岛上的残敌已是惊恐万状。望你们更加奋勇作战，再接再厉，以使中南全境的解放早日实现！

贺电是林彪、罗荣桓、邓子恢、谭政、赵尔陆、陶铸于 4 月 18 日联名签发的。

中南军政委员会以主席林彪、副主席邓子恢和叶剑英等人的名义也向海南前线全体指战员发来了贺电。

上级的贺电和全国各方面的祝贺电、慰问信，使作战官兵受到极大的鼓舞，从而产生了巨大的、无穷的力量。这力量是摧毁岛上国民党军的最有效的武器，而这种武器是敌人看不见也估计不到的。

韩先楚、解方等率领第四十军日夜兼程，连续作战，乘胜追歼敌人。

追击残敌，全岛解放

围歼临高，挺进美亭

韩先楚带领四十军在午夜 12 时将守卫临高城的国民党军紧紧围住，准备逼降守城之敌。

但在这时，战场出现了特殊情况，令韩先楚感到非常迷惑不解，原来驻临高的守敌是一个整师，现在却只剩师部和一个团了，敌人主力的部队哪里去了呢？这不得不引起韩先楚的思索。

韩先楚很快便想到了登陆一天后进军的情况，他觉得敌人有些异常，其中也许暗藏着巨大的阴谋。

我军在强行登陆之后，不断向纵深挺进了 10 多里，虽然遇到零星敌人抵抗，但却没有见敌人援兵，也没见敌人反扑，更没见到薛岳早已组织起来的机动部队。难道薛岳甘心于他苦心经营起来的"伯陵防线"轻易被丢掉吗？

韩先楚立即召集几位军首长，在一个竹棚里召开阵前会议，对敌情进行认真研究，分析敌人的阴谋。

军首长们谈了一些情况，并听取了琼崖纵队侦察人员和先期潜渡部队指挥员的各种情况汇报。

韩先楚说："根据敌人部署和我军突然强攻的情况，薛岳很可能以为我军又是小部队潜渡。他一定集中机动部队主力在东线，企图阻止和围攻第四十三军于登陆滩头。薛岳是只老狐狸，一旦发觉我大军登陆后，将会从海上逃走。为了把华南最后这股敌人消灭在海南岛上，不使其逃往台湾而增加以后解放台湾的困难，我们主力不能被敌人一个团和一座小城陷住。因此，我的意见：临高城由琼纵和潜渡部队继续围困，争取敌人投降或相机歼敌。我们立刻甩开临高，挺进美亭、海口以南地区。这样，既可会合兄弟部队歼敌主力，又可断敌后路，直捣薛岳老巢——海口！"

尽管多日来大家都非常疲劳，但会议开得十分认真。大家听了韩副司令的发言，认为他对形势的分析合情合理。

果如韩先楚所料，薛岳得知解放军登陆后，仍以为是小规模偷渡，只增派了一些兵力阻击，并没引起足够重视。

当一封封告急求援的电报向薛岳飞来时，他从这些电报中得知，临高、澄迈一线的防线已被突破，有大批解放军登陆，而且部署在西部的主力第六十四军已被击溃，他这才感到惊恐不安，知道形势非常不利。

薛岳疯狂了，他把负责西部地区的指挥官臭骂了一顿，并迅速采取措施：一面给台湾的蒋介石发急电，要求派飞机运兵增援；一面从岛上现有部队中调兵遣将。

薛岳的目的是趁解放军登陆部队立足未稳之际，在澄迈东北地区围歼登陆部队，或将登陆部队压入海里，再利用海军和空军的优势加以消灭。

薛岳的具体部署是：

急令李玉堂指挥的第三十二军用 500 多辆汽车将第二五二师主力运至美亭地区，堵住正向美亭、黄竹挺进的解放军第四十三军登陆部队；命令李宏达指挥的第六十二军第一五一师主力从屯昌向澄迈靠拢，第一五三师在老城、白莲地区集结待命；命令莫福如指挥的第六十三军第一五二师、暂编第十三师、教导师作为机动兵力，随时准备投入战斗；命令空军 4 个大队进入一级战备，随时参战。就在这时，我军侦察人员向韩先楚报告：敌人已倾巢出动，海澄公路上尘土飞扬，人喊马嘶。

韩先楚判断，薛岳将其主力集中在美亭地区，已摆出一副在那里决战的架势。他决定，趁敌人兵力集结的有利时机，进行大规模围歼战，消灭敌人主力，以加速全岛解放。于是，他要求部队上下动员，讲清敌情，克服连日作战的疲劳，迅速向澄迈挺进，歼灭那里的敌人，再进军美亭。

此时，第四十三军在美亭、黄竹地区吸引了大批敌人援军。

兵贵神速，机不可失。韩先楚率部连夜出发。自 16 日渡海以来，已经 3 天 3 夜了，战士们还没休息过，没有吃过一餐热饭，经常连水都喝不上，只是不停地走，不停地打。这时，许多人最大的奢望就是能坐下歇一下脚、喝一口水。

在霞光消退、夜幕低垂之时，本应休息一两个小时，可我军为了消灭敌人而不顾自己的一切，他们忍受着疲劳和饥渴，继续向前挺进！

为了抄近路，我军经过坑坑洼洼的山林小径，穿过怪石嶙峋的山谷，翻越险峻的山岭，向东挺进。

部队夜以继日地赶路。尽管白天有敌机扫射和轰炸，但丝毫阻止不了我军前进的步伐。

19日，部队赶到临高东面的美台后，立即投入战斗，消灭了国民党军两个师部及两个团部。

战斗一结束，我军又马不停蹄地向南开拔，赶到澄迈。防守澄迈的敌军害怕被歼，早已逃往美亭地区龟缩了起来。

追击残敌，全岛解放

坚守凤美岭

20 日早晨，薛岳亲信李宏达亲自督战，指挥六十二军主力、第三十二军一部、教导师两个团及一个山炮连、3 个迫击炮连，还出动飞机，向凤美岭发起总攻击。

敌军轮番攻击到下午 7 时许，始终没有攻下凤美岭。坚守凤美岭的英雄一连，顽强地阻击敌人，打退了敌人 13 次进攻。

在开阔地和高地的坡下，敌人死伤无数。

第一连伤亡也很大。连长在上午就负了伤，仍指挥战斗，下午又负伤，仍不下火线，最后壮烈牺牲在战壕里。副连长也光荣牺牲。指导员负重伤，仍坚持和战士们在一起阻击敌人。

当我增援部队赶到时，阵地上仅存活 13 名勇士。他们也个个身负重伤，血肉模糊，但只要还有一口气，他们就手不离武器，狠狠打击敌人。

在坚守凤美岭的战斗中，解放军得到当地群众的积极支持。

民兵李科进、王成球和一些游击队员，冒着枪林弹雨，送弹药，送水送饭，抢救伤员。王玉燕在抢救伤员时，遭敌机轰炸，不幸牺牲。

军民用鲜血和生命铸成的凤美岭阵地，成了敌人难以通过的钢铁堡垒。

"快！再快一点！"韩先楚一面率领第四十军主力向美亭方向疾速前进，一面不停地催促着。

这时，从凤美岭传来消息：阵地稳如泰山，高地坚如磐石。

凤美岭一役有效地阻止了敌人，为决战争取了主动。

在四十军没有赶到美亭前，因担心敌人突破凤美岭而对我军形成夹击，兵团电令四十三军加紧对黄竹、美亭地区进攻，争取早一点解决包围之敌。

为此，第四十三军对兵力进行了调整：

由第三八二团担任主攻，第三八三团调一部兵力配合，向内紧压，以歼灭被围的敌人；

第三八三团一部向外攻，对敌形成反包围；

第三八四团一部配合第一二七师的 4 个营打增援；

第三八三团渡海先锋营由福山插至加岭地区反击敌人。

第四十三军第一二八师师长黄荣海、政委相伟、参谋长孙干卿立即组织部队对黄竹、美亭的敌人发起进攻。经过激战，把黄竹和美亭两处敌人切断，两个村子里的敌人成了孤立之敌。

第三八二团第一营攻打美亭，第三营攻打黄竹，第二营为预备队。

第三营打得最为激烈。经过两天的激战，第三营已伤亡 150 多人。营长李庶华负重伤，被抬下阵地，副营

长宋金水随后也负了重伤。指挥全营战斗的任务落在了战斗英雄、营教导员刘梅村肩上。

天黑时，刘梅村命令：拂晓前，一定要攻下黄竹！

刘梅村召集各连干部研究，决定由七连和八连担任主攻。随后对全营进行了动员。他坚定地鼓励全营，要发扬能攻善守的光荣传统，不怕流血牺牲，在天亮前攻下黄竹，为美亭决战胜利创造条件。

刘梅村向老乡了解和侦察人员侦察得知，敌人利用原木、沙袋、门板等在村前道路上设置了层层障碍，妄图阻止解放军进村。

针对敌人火力部署，刘梅村决定从村后摸进，在接近村子时发挥炸药和手榴弹威力。

当晚，夜色昏沉。夜幕下的小沟旁，隐蔽着即将对敌驻守村庄发动进攻的第三八二团第三营的战士们。

敌人驻守的村子透出点点微弱的灯光，巡夜的哨兵黑影在村子周围游荡。第三营的战士们利用夜暗接近敌人，连续摧毁敌人多处火力点。

这时，整个村庄枪声四起，爆炸声震耳欲聋。

第三营第七连的爆破英雄刘万成，用炸药连续炸毁敌人几个地堡和房屋，为攻克黄竹敌人阵地立了大功。

韩先楚率四十军日夜兼程，在21日17时进至美亭东西两侧。部队迅速展开，包围侧击敌人，使敌两面受击。

这时，战场形势发生了急剧变化，敌我双方展开包围与反包围。在内线和外线，在村内和村外，敌我双方展开了激烈肉搏战。硝烟弥漫着村庄，炮火映红了山野，鲜血浸红了大地。两军犬牙交错，展开了拉锯战。

韩先楚坚定沉着地指挥部队攻敌要害，以智勇取胜。

与此同时，我一一八师三五三团向国民党军六十二军指挥所和薛岳警卫团发起猛攻。

经过反复激战，敌人伤亡惨重。我第三五三团一个营的排以上干部也大部分伤亡。

这时，凤美岭关口仍牢牢控制在四十三军阻击部队手里。敌援军无法通过。

22日，四十军、四十三军主力全线出击，在美亭、白莲地区彻底打垮了国民党六十二军一五一师大部及三十二军二五二师，并将前来增援的敌人迂回包围起来。

敌援军见美亭地区的守军已全军覆灭，自己也反被围困，便拼命夺路逃窜。

我第一一九师师长徐国夫率领主力于25日7时追敌至黄竹附近，占据有利地形，控制周围制高点，向黄竹墟的敌人发起进攻。

黄竹墟是一个只有三四十户人家的小镇，一条道路从镇中通过。敌人利用街道两边的房屋及镇外自然地形作掩护，负隅顽抗。

第一一九师第三五七团及第四十三军的一个营，向敌发起攻势，迅速收缩包围圈，将敌人压缩在街区民房内。

为保护老百姓，我军攻而不打，用政治喊话迫使敌

人缴械投降。

不到两个小时，战斗结束，我军俘敌中将副军长兼第一五一师师长罗懋勋以下 800 余人。

第四十军和第四十三军两支英雄部队会师后，汇成一股巨大的洪流，直捣薛岳防卫司令部驻地海口。

我先头部队在海口附近击溃了由琼山县出动增援的国民党第六十四军，攻占琼山县城，继续向海口挺进。

琼北围歼战

薛岳组织残部在对解放军四十军进行疯狂反扑的同时，也拼命纠集残部对解放军四十三军进行垂死抵抗。

4月19日，薛岳令敌六十二军集结在澄迈地区，企图阻拦我军的进攻，一面又令海口市的敌三十二军二五二师开往该地支援。

20日清晨，敌二五二师师部及所属的两个团在澄迈县城以北地区与我军一二八师相遇，很快就被一二八师包围住，并遭到我军的猛烈攻击。与此同时，我四十三军先遣偷渡团已开到美仁地区，占据了有利地形地势，准备打援。

为解二五二师主力之围，薛岳急忙命六十二军和暂编十三师、教导师及二十五师的另一个团气势汹汹地扑过来，又在外围包围了我一二八师。

十五兵团司令员邓华认真分析了战况后，决定趁着敌人主力部队围攻我一二八师的机会，调集兵力围歼敌军主力，一举将其消灭。于是，兵团指挥部在给一二八师下达坚守阵地、以少抗多地顶住敌军反扑的命令的同时，又命四十军主力在饥饿和疲劳的情况下快速东进，尽快把围攻我一二八师的敌军再包围住，还令琼崖纵队三总队及独立团部队，积极配合我军渡海部队主力的战

追击残敌，全岛解放

斗行动。

21 日黎明时，在飞机大炮的配合下，敌六十二军等部向我军一二八师阵地发起了猛烈的攻势。形势危急，一二八师果断地用一部分兵力抗击敌人的进攻，同时主力部队则抓紧时机继续围歼在自己包围圈里的敌二五二师主力。

敌六十二军两个团一次次地向我军进攻，都被四十三军先遣团、琼纵三总队和独立团顽强顶住了，战斗中，四十三军先遣团一营一连连续顶住了敌人从一个排到一个营的猛攻，将我方的阵地牢牢坚守住。

向敌二五二师主力进攻的战斗也异常激烈。我三八二团三营七连进攻敌人某重要阵地，总是受到疯狂的阻截，除一名排长和六名战士外，其他战士都阵亡了。

在这种情况下，副师长孙干卿直接指挥该连战士，在营长刘连科的机枪掩护下，冒着炮火和硝烟冲入敌阵，炸毁了敌人那些火力不断的地堡，夺占了该阵地。战后，刘连科和刘万成被四十三军授予"战斗英雄"称号。

就在一二八师全师战士舍生忘死地和敌人作战的时候，四十军主力 7 个团受十五兵团的命令从加来、多文地区启程，一路冒着敌机的轰炸和扫射，直奔澄迈县城。到达目的地后又马上兵分两路继续向北开赴，在 21 日 17 时进入美亭东西两侧地区，严严实实地将围攻我一二八师的敌军包围起来。

于是，战斗情况出现了包围与反包围、内线与外线互相交错的复杂局面。怕伤及己方部队，敌人和我军都不敢开炮，在不少地方短兵相接地进行肉搏战。

22日，在兵团指挥部的命令下，四十军、四十三军与琼纵三总队、独立团一同向敌人发起总攻。我军的攻势猛烈极了，敌总司令薛岳到这时才明白，和他们交战的并非他所以为的"共军小股偷渡部队"。为尽量保存主力，薛岳不得不命令己方残部退回海口。

在这场激烈异常的琼北围歼战中，我军将敌三十二军二五二师全部消灭，并沉重地打击了敌六十二军、暂编十三师和教导师等主力部队，将敌人的环岛防御体系的核心阵地完全摧毁了。

23日早晨，我四十二军一二八师在四十军一一九师一部的协助下，在琼山地区消灭了敌六十二军两个师的大部分兵力，攻下琼山县城。

追击残敌，全岛解放

攻克海口

当我主力部队向海口进军时，琼纵独立团主动在琼文地区炸毁三江以北的罗牛桥、三江以南的美敏桥，切断了敌人后路，并歼灭了由海口东逃之敌。

自大部队登陆后，琼崖纵队积极配合行动，全线出击敌人，给敌人以有力的打击。

薛岳主力被歼后，他自知败局已定，不得不于23日下午发出总撤退命令，昔日那种趾高气扬的架势已荡然无存。他虽然几次给蒋介石发急电求救，但均无回音。他不能坐以待毙，于是和陈济棠坐飞机由海口逃跑了。薛岳一走，海南岛国民党守军四分五裂，全线溃逃，土崩瓦解，成了丧家之犬。

人民解放军第四十军、第四十三军和琼崖纵队转入全面追击作战。

23日晨，国民党驻三亚空军飞机飞抵海口，轰炸机场和秀英港口，并袭击解放军向海口的追击部队。

韩先楚得知敌机轰炸，分析是敌人撤离前在进行丧心病狂的大破坏。为了粉碎敌人的阴谋，减少海口损失，他要求部队吃大苦、耐大劳，争分夺秒向海口挺进。部队齐心协力，克服困难，于23日下午8时抵达海口附近。

韩先楚命令兵分两路：一路直奔秀英码头，迅速歼灭码头上的残敌，而后进入得胜路；一路直指大英山，控制机场，而后进入新华路。

先头部队第三五四团攻进市内后，见到国民党军丢下不少汽车、弹药和大批物资。在薛岳指挥部里，还留下不少没有来得及处理的资料和文件，一片狼藉。与此同时，第四十三军一部也由府城突入海口，占领了南门一带和中山路。海口宣告解放。

各族人民群众纷纷走上街头，敲锣打鼓，手持彩旗，呼喊口号，鸣放鞭炮，欢庆解放。

23 日 19 时 30 分，邓华等兵团领导率领第四十三军军部和 5 个团的兵力，作为第二梯队，分别由三塘、四塘、新地一带起渡，于 24 日晨在天尾、秀英一带海岸登陆。至此，我渡海兵团 10 万大军全部登上了海南岛。

25 日，琼崖纵队司令员兼政治委员冯白驹率领琼崖党、政、军领导机关进入海口、府城地区。

邓华和冯白驹这两位往日隔海相望、密切协同作战的战友，今日胜利见面，脸上充满了兴奋和喜悦，相互热烈握手、问候，眼里涌出了热泪。

他们立即召集有关人员参加会议，研究建立军事管制委员会的事项，讨论了政权建设，维护社会治安，恢复社会秩序，发展生产，组织物资供给，安定人民生活等措施。

追击残敌，全岛解放

三路大军追击残敌

在琼北围歼战中，敌军首领欺骗他们的士兵说："共军的俘虏政策变了，凡退守海南的，一律认为是顽固死硬分子，抓到就杀。"所以敌人拼命顽抗，但最终还是被我军打得溃不成军。

薛岳见自己煞费苦心布置的琼北、琼东各防御体系及指挥机构瞬间被摧毁，只好在 22 日命令全军向南撤逃。

薛岳令第一路军撤向乐令、万宁，令第二路军撤向陵水、保亭，第三路军撤向北黎、八所，第四路军和海、空军则撤向榆林、三亚一带。然后，薛岳又致电要求台湾迅速派舰船到海南接运这些残兵败将。

这一天的晚上，就是我军占领海口的前一夜，薛岳带着岛上的军政要员们乘飞机仓皇逃到了台湾。就这样，前后仅仅 14 天，这位被侵华日军惧称为"长沙之虎"的黄埔军校一期高才生、国民党上将，被韩先楚赶出了海南岛。

接到薛岳的命令后，敌人立即狼狈地向南撤逃。

我军乘坐从敌人手中缴获的汽车进入海口后，兵团命令除留下第一二七师主力驻守海口外，其余部队兵分三路追击、围堵、歼灭残余敌人。

我军将敌人丢下的汽车搜集起来，又动员了不少商车，从俘虏中找来司机，从敌机场运来汽油，组成了追击部队。

兵团命令，从东、西、中三路分秒必争地追歼逃敌：

以第四十军第一一九师、第四十三军第一二八师和琼纵独立团组成东路军，于23日出发，向加积、乐会、万宁、陵水、崖县方向追击；

以第四十三军第一二九师及第一二七师第三八〇团组成中路军，由美亭地区出发，向北黎一线追击；

以第四十军第一一八师第三五二团加强营为西路军，沿环岛公路疾进，向北黎、八所追击逃敌，此外，还组织了15条机帆船，由海上驶向北黎，以争取歼敌时间。

时值4月下旬，海南岛已骄阳似火，没有一丝风。行军追敌的战士们汗流浃背，透不过气来。为了赶时间，战士们强忍着各种困难。有些北方籍的战士，不适应这种酷暑天气，中暑昏倒了，被人扶起来喝口水再坚持前进。许多人肩肿了，仍坚持扛枪、背炮。不少人脚底板水疱连着血疱，不叫苦，不喊累。

韩先楚考虑，在东线的万宁、西线的北黎、最南端的榆林等海岸港口，军舰、海轮进出方便，便于敌人多路撤退，而我军没有海空军在海上拦阻，海拔千米以上的五指山又阻碍了我军多路平行追击。怎么办？不能眼看着敌人跑了。他要求干部战士想办法，出主意。

群众是真正的英雄。有人提议组织快速部队，赶到

敌人前面去，堵住敌人。韩先楚采纳了这条意见。他要求第一一八师用缴获敌人的汽车和调集的一部分民车，组成快速部队追击敌人。战士们得意地称这支部队为"快速纵队"。

第一一八师很快便找到了30部汽车，由第三五四团第三营乘车追击敌人。开车的司机大部分是刚解放过来的原国民党兵。他们受到解放军战士的尊重和生活上的照顾，十分感动，决心努力工作。

有了陆上的快速部队，韩先楚又想到了海上。他立即命令土炮艇大队组织一支海上快速部队，乘船赶往北黎港堵击敌人。

我军于4月24日开始追击行动，经万宁和陵水插入榆林、三亚地区，目的是要把敌人的退路截断。

狼狈逃窜的敌军部队几乎都不敢停下脚步，一心要尽快逃到海边，逃到军舰上，像他们的薛岳总司令那样逃到台湾去，远离这场硝烟弥漫的战斗。

我军虽然经过连续作战，没有休养片刻而疲劳至极，却依然士气高涨，战士们个个奋勇杀敌，尽力立功。

四十军一一八师的一个加强营乘坐汽车沿东线环岛公路一路追击，第二天上午追上一股敌军，马上俘虏2000多名敌兵，就像牧人赶羊那样。

从海口开出的一辆辆汽车，扬起滚滚尘土。路上，小股国民党军逃兵和伤员见汽车开来，以为是自己的部队，远远地就站在路旁招手，或用枪拦住，要求爬上车一起逃命。为了赶时间，邓岳师长命令对这些人一律不理睬，汽车不减速地前进。

汽车开过乐会的一座小山岭，发现前面公路上有一眼望不到头的徒步逃退的敌人。敌人拥挤不堪，行进无序，完全失去了组织指挥。我军汽车的喇叭声催着这股敌人往公路两边闪，挤出一条道往前开去。十几辆车过去以后，一名敌军官发现车上的人不是自己的部队，惊叫一声："啊！共军！"随即向汽车开了枪。

枪声一响，整条公路顿时一片混乱，许多敌人也跟着胡乱放枪。

车辆上的解放军立即还击，敌人死伤一大片。

"缴枪不杀！解放军优待俘虏！"战士们在车上不断地向敌人喊话。

敌人更加惊慌，纷纷放下武器投降。少数敌人丢下武器后向公路两侧逃跑。顿时，公路上到处都是背包、枪支和弹药，汽车受阻。

汽车上一部分战士用机枪、冲锋枪打击顽抗的敌人；一部分战士下车，组织已投降的敌人排成一列列长队。不到半个小时，集合了1500多名俘虏。这些人大部分是国民党第六十二军和第六十三军的，少数是教导师的。在俘虏中，有敌团长4人。

在这期间，韩先楚接到第一一九师报告：第三五七团追到黄竹地区，遇到敌人的抵抗，发生激战。这股敌人是国民党军第六十二军的第一五一师师部及两个团。

追击残敌，全岛解放

他们得知解放军追击，就在黄竹地区选择了有利地形，构筑了临时工事，做垂死挣扎。

敌人占领了附近村庄，将老百姓家中能吃的东西统统收集起来作为给养。第三五七团猛打猛冲，突破了敌人封锁的通道，而后采取迂回包围战术，一个村庄一个村庄解决，终于打垮了敌人，俘敌 800 多人，缴获汽车 3 辆。第三五七团也有 21 名指战员壮烈牺牲。

第一一九师第三五五团顺利攻占加积，俘敌 200 余人，缴获炮 4 门、汽车两辆和一批物资。

东路第一二八师和琼纵独立团追敌至塔市，迫使国民党军第一六三师第四八九团团长李荣等指挥的 1000 多人投降。接着又攻克文昌县城，警保第四团团长林荟材率部起义。第一二八师与第一一九师在加积胜利会师后，继续执行追敌任务。

我快速部队在沿途遇到几大批敌人，他们将大批俘虏妥当处理后继续挺进，于 26 日下午抵达万宁港。这时，其他步行部队也已赶到。只见成千上万的国民党军正蜂拥着向军舰逃去。追击部队的迫击炮、轻重机枪、步枪一齐开火。已登上舰的敌人有的被打伤、打死，许多人掉入海中。

在万宁县东山岭，担任掩护国民党军由乌场港登船去台湾的第二六六师，突然听到隆隆的炮声，被吓得失魂落魄，赶紧连滚带爬地从山上退下来。这股敌人经过码头道路时，你推我挤，互不相让，争相逃命，道路拥挤混乱不堪。

27 日早晨，在万宁地区，徒步追击的我军一一八师截住敌三十二军大部和六十二军残部，并于万宁乌场港内攻击四艘赶来接运的敌舰上的敌人。有三艘敌舰见势不妙，带伤逃走，其余敌舰也起锚要逃。慌乱之中，敌军落水淹死者就有2000多人。来不及登上军舰的1000多敌人，全部当了俘虏。其中，有警保第一师第二团团长董伯然和第三团团长徐毅民等军官。我军打扫战场时，收集的枪支、弹药、行李、金条、公文等物品不计其数。

在大追击行动中，四十军一一九师消灭敌六十二军一五一师师部及两个团，俘虏中将副军长兼一五一师师长韩潮及其他官兵共800多人。30 日上午，一一九师又占领了敌人空军的三亚机场。

28 日夜，东路第一二八师追敌至陵水县，得知国民党逃军正在新村港集结登船。于是，部队立即向新村前进。

新村港位于海湾内，沿岸水浅。敌军舰靠不了港，只能停在港湾外海，用民船一船船把部队运到军舰上。渔船少，速度慢，而要上船逃命的人又太多，大家拼命往船上挤。有几条船因负荷过量，没等靠近军舰就沉了，敌人淹死无数。

当第三八二团赶到时，敌人来不及抵抗就一个个当了俘虏。我军从敌人俘虏中了解到，国民党大部队已逃到三亚、榆林，要在那里登船逃跑。于是，部队又向榆

追击残敌，全岛解放

林方向追去。

第一一九师在徐国夫师长带领下，于 30 日追至榆林。

国民党第六十三军等残部，为了苟延残喘，争取逃往台湾的时间，进行严密设防。第一一九师第三五五团和第三五六团等部队，勇猛攻击，快速推进。敌人节节败退，望风而逃。第三五五团迅速攻占了敌指挥中心——榆林要塞司令部。没有来得及逃走的敌人全部当了俘虏。

我军紧接着进攻榆林港，缴获两艘军舰。

第一一九师第三五六团翻过狗岭南侧山地，向三亚进击，很快占领了三亚飞机场。三亚木桥侧边制高点的敌人，发现自己被包围，遂向三亚湾逃窜。第三五六团二营追敌直到三亚湾。

逃往三亚湾的敌人太多，船只全已挤满，而岸上还有大批逃兵要上船。一些人强行登船，而船上的人怕船承受不了不让再登船。船上的人和岸上的人争执起来，双方用枪炮互相射击。国民党军在相互残杀中，死伤上千人。

在西路展开追击的是四十军一一八师一部，部队从水路和陆路一并进击，配合中路军对敌第三路军进行追歼。

组成中路追击部队的是四十三军军部、一二九师及一二七师三〇团。四十三军的战士们克服各种困难，日夜不停地迅速前进，4 月 30 日终于在小岭、北黎、八所地区截住敌四军二八六师和九十师一个团，在西路追击部队和琼纵一总队的协助下将敌人消灭，并俘虏敌该师少将副师长邱国梁及他手下的官兵共 3500 人。

榆林港胜利会师

30 日下午 4 时，我军第一一九师攻占三亚湾，第一二八师也同时进抵三亚。

人民解放军第四十军、第四十三军在榆林港胜利会师，海南岛战役胜利结束。

同一日，四十军追击部队追到了三亚港及榆林港，把红旗插到了海南岛的最南端——天涯海角，宣告了海南岛的解放！

解放海南岛战役中，我军歼灭国民党军 5 个师 9 个团，共 3.3148 万人，其中俘虏 2.6469 万人，缴获火炮 418 门、飞机 4 架、坦克和装甲车 7 辆、汽车 140 辆，击毁敌人战机 2 架、军舰 1 艘，击伤敌舰 5 艘。我军伤亡 4614 人，其中 400 多人在海上战斗中阵亡。

这场战役是从 1950 年 3 月 5 日四十军先遣偷渡营的偷渡行动开始的，而 4 月 16 日则是海南战役中最重要的日子。这比 1949 年 2 月在广州召开的"海南岛战役作战会议"定下的 6 月实施大举登陆的计划大大提前了。

打下海南后，人们发现韩先楚独自一人面对大海坐了一夜。大海波涛翻滚，将军一直坐到海上旭日冉冉升起才慢慢离去。

参考资料

《国史全鉴》本书编委会编 团结出版社

《共和国五十年珍贵档案》中央档案馆编 中国档案
　　出版社

《解放海南岛》郝瑞著 解放军出版社

《战将韩先楚传》张正隆著 解放军出版社

《洪学智回忆录》洪学智著 解放军出版社

《叶剑英传》编写组著 当代中国出版社

《叶剑英传略》军事科学出版社

《毛泽东传》特里尔著 中国人民大学出版社

《共和国之战》李建编 中国社会出版社

《解放战争大全景》豫颖主编 军事谊文出版社

《中南海三代领导集体与共和国军事实录》王瑞璞主
　　编 中国经济出版社

《风云七十年》中共党史研究编辑部编 解放军文艺
　　出版社

《共和国开国岁月》张国星 何明著 中共党史出版社